Goosebumps®

Goosebumps®

Goosebumps®

雞皮疙瘩 23

遠離地下室

Stay Out of the Basement

R.L. 史坦恩（R.L.STINE）◎著

柯清心◎譯

致台灣讀者

讀者們，請小心……

我是R・L・史坦恩，歡迎到「雞皮疙瘩」的可怕世界裡來。

你是否曾在深夜裡聽到過奇怪的嚎叫？你是否曾在黑暗中聽到腳步聲——卻根本看不到人？你是否見過神祕可怖的陰影，幽幽暗處有眼睛在窺視著你，或者身後有聲音叫你的名字？

如果是這樣，你應該了解那種奇特的發麻的感覺——那種給你一身雞皮疙瘩、被嚇呆的感覺。

在這些書裡，幽靈在閣樓上竊竊低語；膽顫心驚的孩子忽而隱形；稻草人活了，在田野裡走來走去；木偶和布娃娃也有生命，到處嚇人。

當然，這些都是磨礪心志的好玩的嚇人事。我希望你們感到害怕，同時也希望你們大笑。這都是想像出來的故事。當然，最可怕的地方在你們自己心裡。

過個害怕的一天吧！

R L Stine

出版緣起

人生從奇幻冒險開始

何飛鵬
城邦媒體集團首席執行長

我的八到十二歲是在《三劍客》、《基度山恩仇記》、《乞丐王子》中度過的。可是現在的小孩有更新奇的玩具、電玩、漫畫，以及迪士尼樂園等。

八到十二歲，正是孩子從字數極少、以圖畫為主的繪本閱讀，跨越到漸漸以文字閱讀為主的時期。也正是訓練孩子從圖像式思考，轉變成文字思考的重要階段。在這個階段，養成長期的文字閱讀習慣，能培養孩子敘事、分析、推理的邏輯思辨能力，奠定良好的寫作實力與數理學力基礎。

然而，現在的父母擔心，大環境造成了習於圖像、不擅思考、討厭文字的一代。什麼力量能讓孩子重回閱讀的懷抱呢？

全球銷售三億五千萬冊的「雞皮疙瘩」，正是為了滿足此一年齡層的孩子的需求而誕生的！

無論是校園怪奇傳說、墓地探險、鬼屋驚魂，或是與木乃伊、外星人、幽靈、吸血鬼、殭屍、怪物、精靈、傀儡相遇過招，這些孩子們的腦袋裡經常出現的角色或想像，經由作者的生花妙筆，營造出一個個讓孩子們縱橫馳騁的魔幻時空、光怪陸離的神奇異界，經歷各種危急險難，最終卻又能安全地化險為夷。這樣的冒險犯難，無論男孩女孩，無不拍案稱奇、心怡神醉！

本系列作品被譯為三十二種語言版本，並在全球數十個國家出版，創下了出版史上多項的輝煌紀錄，廣受世界各地孩子的喜愛。作者史坦恩表示，這套作品之所以成功，是因為多年的兒童雜誌編輯工作，讓他對兒童心理和兒童閱讀需求有了深刻理解——他知道什麼能逗兒童發笑，什麼能使他們戰慄。

我們誠摯地希望臺灣的孩子也能和世界上其他的孩子一樣，有更豐富多元的閱讀選擇。更希望藉由這套融合驚險恐怖與滑稽幽默於一爐，情節緊湊又緊張的「雞皮疙瘩系列叢書」，重拾八到十二歲孩子的閱讀興趣，從而建立他們的閱讀習慣，擁有一個快樂學習的童年。

現在，我們一起繫好安全帶，放膽體驗前所未有的驚異奇航吧！

專文推薦

戰慄娛人的鬼故事

國立臺北教育大學語文與創作系兒童文學教授
廖卓成

這套書很適合愛看鬼故事的讀者。

文學的趣味不止一端，莞爾會心是趣味，熱鬧誇張是趣味，刺激驚悚也是趣味。有人擔心鬼故事助長迷信，其實古典小說中，也有志怪小說一類，《聊齋誌異》就有不少鬼故事。何況，這套書的作者開宗明義的說：「這都是想像出來的故事」，不必當眞。

既然恐怖電影可以看，看鬼故事似乎也無妨；考試的書讀久了，偶爾調劑一下，對頭腦卻是有益。當然，如果看鬼片會連續失眠，妨害日常生活，那就不宜勉強了。

雋永的文學作品，應該有深刻的內涵；但不少兒童文學作品說教有餘，趣味不足。只要有趣味，而且不是害人為樂的惡趣，就是好的作品。鮑姆（Baum）在《綠野仙蹤》的序言裡，挑明了他寫書就是為了娛樂讀者。

倒是內行的讀者，不妨考校一下自己的功力，留意這套書的敘事技巧，由主角「我」來講故事，有甚麼效果？書中衝突的設計與化解，是否意想不到又合情合理？能不能有不同的設計？會不會更好？這是另一種引人入勝之處。

導讀

結局只是另一場驚嚇的開始

臺北藝術節藝術總監
臺北藝術大學戲劇系兼任助理教授
耿一偉

不知道大家還記不記得，小時候玩遊戲，比如捉迷藏等，都會有一個人要當鬼。鬼在這個遊戲中很重要，沒有鬼來捉人，遊戲就不好玩。這些遊戲的關鍵特色，不是人要去消滅鬼，而是要去享受人被鬼追的刺激樂趣。所以當鬼捉到人後，不是遊戲就結束，而是下一個人要去當鬼。於是，當鬼反而是件苦差事，因爲捉人沒有樂趣，恨不得趕快找人來替代。所以遊戲不能沒有鬼，不然這個遊戲就不好玩了。

在史坦恩的「雞皮疙瘩系列」中，這些鬼所扮演的角色也是類似遊戲中的鬼，給我帶來閱讀與想像的刺激。各位讀者如果留意一下，會發現在他的小說中，都有一個類似的現象，就是結局往往不是一個對抗式的終局，一種善惡誓不兩立，以消滅魔鬼爲最終目標的故事——這比較是屬於成人恐怖片的模式，不是你死，就是人類全部變殭屍。但「雞皮疙瘩系列」中，你的雞皮疙瘩起來了，可是結尾的時候，鬼並不是死了，而是類似遊戲一樣，這些鬼換了另一種角色，而且有下一場遊戲又要繼續開始的感覺。

礙於閱讀的樂趣，我無法在此對故事結局說太多，但各位看完小說時，可以再回想我在這裡說的，就知道，「雞皮疙瘩系列」跟遊戲之間，的確有類似性。換另一個角度來看，這些主角大多為青少年，他們在生活中碰到的問題，如搬家面對新環境、男生女生的尷尬期、霸凌、友誼等，都在故事過程一一碰觸。

「雞皮疙瘩系列」令人愛不釋手的原因，也在於表面上好像主角是鬼，但讀到一半，你會感覺到，故事的重點不知不覺地從這些鬼怪轉移到那些被追的青少年身上，鬼可不可怕不是重點，重點是被追的過程中，一些青少年生活中的苦悶，也被突顯放大，甚至在故事中被解決了。所以你會在某種程度感受到，這本書的內容是在講你，在講你的生活，在講你的世界，鬼的出現，只是把這些青春期的事件給激化了。

另一個有趣的現象，是從日常生活轉入魔幻世界的關鍵點，往往發生在父母不在身邊，然後主角闖入不熟識空間的時候——比如《魔血》是主角暫住到姑婆家、《吸血鬼的鬼氣》是闖入地下室的祕道、《我的新家是鬼屋》是新家的詭異房間……等等。

因爲誤闖這些空間，奇怪的靈異事件開始打斷平凡無趣的日常軌道，一段冒險展開了，一場你追我跑的遊戲開始進行，而父母們往往對此毫無所悉，不知道自己的兒女在故事結束時，已經有所變化，變得更負責任，更勇敢。

「雞皮疙瘩系列」的意義，也在這個地方。在平凡無奇充滿壓力的青春期校園生活中，有那麼多不快樂、有那麼多鬼怪現象在生活中困擾著我們，但這無法跟家長說，因爲他們不能理解，他們看不到我們看到的。但透過閱讀，透過想像力所引發的鬼捉人遊戲，這些不滿被發洩，這些被學校所壓抑的精力被釋放了。

幸好有這些鬼怪的陪伴，日子不再那麼無聊，世界可以靠自己的力量改變。

終究，在青少年的世界裡，鬼怪並不是那麼可怕，在史坦恩的小說中，也往往會有主角最後拯救了這些鬼怪的情形，彷彿他們不是惡鬼，而比較像誤闖人類世界的外星人……這也是青少年的焦慮，他們正準備降臨成人世界，這件事讓他們起了雞皮疙瘩!!

這句英文怎麼說

我很忙。

I'm busy.

1.

「喂，老爸——接招！」

凱西將飛盤扔過短整而翠綠的草坪，凱西的爸爸皺起眉頭，斜睨著太陽。飛盤撞在地上，翻了幾下，落在屋後的樹籬下。

「今天不行，我很忙。」布爾博士說著，突然轉身大步跑回屋中，紗門在他身後重重的關上。

凱西將前額直直的金髮往後梳了梳。「老爸怎麼了？」他對著站在木造車庫邊，將一切看在眼裡的姊姊瑪格麗問道。

「這樣吧，」瑪格麗柔聲說著，她兩手在牛仔褲上抹了抹，揮手示意要弟弟擲飛盤，「我陪你玩一會兒。」

「好吧。」凱西意興闌珊的說。他緩緩走過去，從樹籬下撿起飛盤。

瑪格麗向前走了幾步，她爲凱西感到難過。凱西跟爸爸原本很親密的，父子倆總是一起打球、玩飛盤，或打任天堂遊戲。可是他們的博士老爸似乎再也沒空陪他了。

瑪格麗縱身向上跳接住飛盤，她發現自己也很難過。爸爸對她的態度也不像以往了。事實上，他幾乎都待在地下室裡，難得和她說上幾句話。

爸甚至不再喊我小公主了，瑪格麗心想。其實她很討厭這個暱稱，但那至少是表示親密的稱呼啊。

瑪格麗將紅色的飛盤扔回去，卻擲歪了。凱西追過去，沒接著。瑪格麗抬起眼，望著後院遠處的金黃色山丘。

瑪格麗心想，這個加州啊！

加州眞是個奇怪的地方，明明是隆冬時節，天空裡卻連朵雲都沒有，而且凱西和我竟然跟盛暑時一樣，穿著牛仔褲和T恤在外頭亂跑。

瑪格麗奮力一跳去接斜飛而過的飛盤，她滾過修剪齊整的草坪，得意的將飛

這句英文怎麼說

你還要不要我陪你玩哪？
You want me to play with you or not?

盤舉過頭頂。

「愛現！」凱西一臉不以爲然的嘀咕。

「你才是我們家最愛現的一個咧！」瑪格麗喊道。

「哼，胖妞！」

「喂，凱西——你還要不要我陪你玩哪？」

凱西聳聳肩。

瑪格麗發現，這陣子大夥兒脾氣都很差。

原因不難明白。

飛盤扔得偏高了，飛過凱西的頭頂。「妳自己去追！」凱西兩手一插吼道。

「才不要，你去！」瑪格麗大叫。

「妳去！」

「凱西——你都十一歲了，別像個兩歲小孩行不行。」瑪格麗罵道。

「妳自己才像一歲小孩。」凱西一邊不情不願的去撿飛盤，一邊反駁著。

這全都得怪老爸，瑪格麗心想。自從他開始在家工作後，家裡就變得火藥味十足。他在地下室陪著他的植物和怪機器，連上樓吸口新鮮空氣都很少。

當他難得上樓時，卻連接個飛盤都不肯。

連陪他們兩分鐘都不願意。

媽媽也注意到這點了，瑪格麗心想。她全速奔跑，就在快要撞上車庫前，一把接住了飛盤。

老爸在家，媽也被他弄得神經緊張。媽媽雖然裝得若無其事，但看得出來她很擔心爸爸。

「算妳運氣好，胖妞！」凱西喊道。

瑪格麗討厭「胖妞」這個綽號更甚於「小公主」。家裡的人喜歡故意開玩笑的喊她「胖妞」，她跟爸爸一樣又瘦又高的，不過她那一頭筆直的棕髮、棕色的眼睛和黝黑的膚色則和媽媽一樣。

「不准再叫我胖妞了。」她把紅飛盤丟過去，凱西在及膝的高度接住後，又擲了回來。

兩個人默默的來回扔了十幾分鐘的飛盤，「我好熱！」瑪格麗說，一邊舉起

這句英文怎麼說

老爸在家，媽也被他弄得神經緊張。
Having Dad home has made Mom really tense, too.

手擋住午後的陽光，「我們進屋子裡吧。」

凱西的飛盤撞到車庫牆壁，掉到草地上。他朝瑪格麗跑來，「爸每次都玩得更久，」他不悅的說，「而且也扔得更好，你們女生最不會玩飛盤了。」

「才怪。」瑪格麗咕噥著，她跑向後門時，故意撞凱西一下，「你們猩猩一族的飛盤才扔得超爛啦。」

「爸怎麼會被炒魷魚的？」凱西問。

瑪格麗眨眨眼，停下腳步。凱西的問題令她吃了一驚。「什麼？」

凱西蒼白而佈滿雀斑的臉變得頗爲嚴肅。「妳知道嘛。爲什麼？」凱西問得相當不自在。

自從爸爸回家後的這一個月裡，瑪格麗和凱西從未討論過這個問題，這種情形並不尋常，因爲姊弟倆很親，他們只分開過一年。

「我的意思是，我們老遠搬來這裡，不就是爲了他在寶利科技做事嗎？」凱西問。

「是啊，嗯……他被解聘了。」瑪格麗壓低聲音說，以免被父親聽見。

「可是，爲什麼？他把實驗室炸掉了，還是怎麼了？」凱西笑了笑，想到父親把學校的一大間科學實驗室炸掉，就樂不可支。

「沒有啦，爸什麼也沒炸掉。」瑪格麗扯著自己的頭髮說，「植物學家研究的是植物，哪有什麼機會去炸東西。」

兩人哈哈大笑。

凱西跟著瑪格麗走到狹長的遮蔭下，這是低矮的屋舍陰影。

「我不清楚究竟發生什麼事，」瑪格麗壓低嗓子繼續說，「不過我聽到爸在講電話，好像是在跟馬提納先生通話，馬提納先生是系主任，記得嗎？就是那晚來我們家吃飯，結果烤肉架著火，那個話不多的矮男人？」

凱西點點頭，「是馬提納把老爸解雇的嗎？」

「可能吧。」瑪格麗低聲說，「據我聽到的，好像跟爸在培養的植物有關，好像某項實驗出了差錯什麼的。」

「可是爸那麼聰明優秀，」凱西堅稱說，彷彿瑪格麗在跟他辯論似的，「如果他的實驗出問題，他也會找出修正的辦法呀！」

這句英文怎麼說

他被解聘了。
He got fired.

瑪格麗聳聳肩，「我只知道這麼多了。」她說。「走吧，凱西，咱們進屋裡吧，我快渴死了！」她伸出舌頭故做呻吟，一副快渴掛的樣子。

「噁斃了！」凱西說。他拉開紗門，搶在瑪格麗前頭，第一個衝進屋裡。

「誰噁呀？」站在水槽邊的布爾太太問。她轉過身，看著一對兒女，「算了，別跟我說。」

媽媽今天看起來好憔悴，瑪格麗心想。她注意到母親眼角交疊的細紋和她及肩的棕髮上，出現的一絲霜白。「我好討厭做這個喔。」布爾太太說著，轉身面對水槽。

「妳在做什麼？」凱西問，一邊打開冰箱拿出果汁。

「剝蝦子的泥腸。」

「好噁哦！」瑪格麗叫道。

「多謝妳的支持。」布爾太太冷冷的說。忽然，電話鈴響了起來，布爾太太在毛巾上將滿是蝦味的手擦了擦，匆匆越過房間去接電話。

瑪格麗從冰箱拿出一盒果汁，將吸管插進盒裡，然後隨著凱西來到前面的走廊。地下室的門微微開著，布爾博士在裡頭工作時，通常都是緊關著的。

凱西正想將門闔上，卻停住了手。「咱們下去看看老爸在做什麼。」他提議。

瑪格麗吸進最後一滴果汁，將盒子壓平，「好啊！」

明知他們也許不該打擾父親，但瑪格麗的好奇心卻壓過了一切。

爸在地下室裡工作近四個星期了，工人送來了各種奇怪的設備、燈光及植物。老爸每天至少要在地下室裡耗上八、九個小時，忙他的工作，而他從沒有讓他們看過他的實驗。

「好耶，咱們走。」瑪格麗說，反正地下室也是他們的家呀。

更何況，也許老爸只是在等他們表示感興趣。說不定他們一直不聞不問，沒到地下室去看一看，反倒傷了他的心呢。

瑪格麗將門拉開，姊弟倆踏在窄窄的階梯上。

「嘿，老爸——」凱西興奮的叫道，「爸——我們可以看看嗎？」

兩人才走到一半，爸爸便出現在樓梯口了。他怒目瞪視著他們，皮膚在螢光燈的照映下，透著奇異的綠色調。他扶著自己的右手，鮮紅的血正滴在他白色的

這句英文怎麼說

我警告你們。
I'm warming you.

實驗袍上。

「不准進地下室！」父親用兩人前所未聞的聲音吼道。

聽見父親如此高吼，兩個孩子吃驚的往後一縮。溫和的爸爸說話向來是輕聲細語的呀。

「不准進地下室！」父親捧著滴血的右手重申。「我警告你們——絕對不准進地下室來！」

2.

「好了，全打包好啦！」布爾太太邊說，邊將手提箱重重的放在前面的走廊上。她把頭探進電視聲震天價響的客廳裡，「你能不能先別看，過來跟你老媽道個別？」

凱西按了按遙控器，螢幕熄了。他和瑪格麗乖乖的來到走廊，跟母親抱了抱。

瑪格麗的朋友黛安．曼寧就住在轉角，她跟著兩人來到走廊。「您要去多久，布爾太太？」她望著兩只鼓脹的提箱問。

「不知道，」布爾太太急促的回答，「我妹妹今天早上住進圖森（註）的醫院了，我大概得待到她出院回家爲止吧。」

「您不在家時，我會很樂意幫您照顧凱西和瑪格麗的。」黛安開玩笑說。

這句英文怎麼說

你什麼都不必擔心。

Don't worry about anything.

「少來了，」瑪格麗翻翻白眼，「我年紀比妳大耶，黛安。」

「而我呢，則比妳們兩個都聰明。」凱西不以爲然的說。

「我擔心的不是你們兩個小鬼，」布爾太太緊張的瞄著手錶說，「我擔心你們的老爸。」

「放心吧！」瑪格麗正色告訴母親說，「我們會好好照顧爸爸的。」

「要確定他有乖乖吃飯哦。」布爾太太表示，「他太投入工作了，除非你提醒他，要不他根本就忘了吃飯。」

瑪格麗心想，媽一走，家裡一定很冷清。爸幾乎不曾離開地下室。

自從爸爸上次吼了凱西和她之後，已經又過了兩個星期，之後他們兩個很安分的輕手輕腳，生怕再次惹老爸生氣。然而過去兩個星期來，爸爸除了偶爾道聲「早安」、「晚安」外，幾乎沒跟他們說過話。

「妳什麼都不必擔心啦，媽。」瑪格麗擠出一朵笑容說，「妳只管把艾琳娜阿姨照顧好就行了。」

「我一到圖森就打電話回來。」布爾太太再度緊張的瞄著手錶說。她大步走到地下室門口，往下喊道，「麥可——該送我去機場了！」

等了半天，布爾博士才答腔。布爾太太轉身看著孩子們，大聲嘆道：「我看我走了他大概也不會注意到吧？」她本想將這話輕鬆帶過，可是眼裡卻透著一絲憂慮。

幾秒鐘後，大夥兒聽見地下室樓梯傳來腳步聲，接著布爾博士出現了。他脫下髒污的實驗袍，露出茶色的長褲與亮黃色的T恤，然後將袍子丟到樓梯的扶手上。雖然經過兩星期了，但他那隻滴血的右手，仍纏著厚厚的紗布。

「要走了嗎？」他問妻子。

布爾太太嘆口氣說，「是吧。」她對瑪格麗及凱西使了個無助的眼神，然後很快的給他們最後一次擁抱。

「我們走吧。」布爾博士不太耐煩的說。他提起兩只箱子，抱怨道：「天哪，妳打算待多久？一年嗎？」接著便提著箱子朝前門走，連回答都懶得聽。

「再見，布爾太太。」黛安揮著手說，「祝您路途愉快。」

「愉快個鬼啦，」凱西劈頭說，「她妹妹住院了耶。」

這句英文怎麼說

你知道我的意思。
You know what I mean.

「你知道我的意思嘛。」黛安回答說，她一邊翻白眼，一邊將長長的紅髮甩到後面。

三個人看著小貨車駛離車道，然後才回到客廳裡。凱西拿起遙控器，繼續看他的電影。

黛安癱在沙發上，拿著一袋她剛才吃的洋芋片。

「這電影是誰選的？」黛安問，錫箔紙袋在她手裡沙沙作響。

「我啦，」凱西說，「很正點哦！」他拿了一塊沙發墊放在客廳地毯上，這會兒正躺在上頭。

瑪格麗疊腿坐在地板上，背靠著扶手椅的座底，心中仍想著母親和艾琳娜阿姨的事。

「如果你喜歡看一堆人被炸得血肉橫飛，那麼這部片子就算正點。」瑪格麗朝黛安扮了個鬼臉。

「真的超讚的。」凱西眼睛眨也不眨的盯著電視說。

「我有一大堆功課要寫，真搞不懂我還坐在這兒幹嘛。」黛安伸手在洋芋片袋裡掏呀掏的說。

「我也是。」瑪格麗嘆道。「我看我吃完晚飯後再做吧，妳有沒有帶數學作業？我的數學作業簿好像放在學校了。」

「噓！」凱西朝瑪格麗的方向踢踢腿說，「這裡正精彩。」

「你以前不是看過了嗎？」黛安尖聲喊道。

「看過兩次。」凱西承認說，然後頭一縮，躲開黛安扔過來的沙發墊。

「今天下午天氣眞好，」瑪格麗伸伸手臂，「也許我們該到外頭去，騎騎腳踏車或什麼的。」

「妳以爲妳還在密西根哪？加州午後的天氣向來很好。」黛安嚼著食物大聲的說，「我現在連注意都不會去注意了。」

「也許我們應該一起寫數學作業。」瑪格麗滿懷期待的提議。黛安的數學比她強多了。

黛安聳聳肩，「嗯，也許吧。」她把袋子一摺，放到地上。「妳爸看起來好像有點緊張耶。」

這句英文怎麼說

今天下午天氣真好。
It's a pretty afternoon.

「呃？妳這話是什麼意思？」

「沒別的意思啊。」黛安說，「他還好吧？」

「噓。」凱西拿起洋芋片袋子扔向黛安。

「就是被解聘等等之類的事嘛。」

「我想他還好吧。」瑪格麗嘆道，「我不清楚，眞的。他幾乎都待在地下室裡做實驗。」

「實驗？嘿——咱們去瞧瞧好嗎？」黛安將頭髮甩到肩後，從金白相間的皮製躺椅上跳起。

黛安是個科學迷，然而數學和科學卻偏偏是瑪格麗最討厭的兩個科目。

黛安眞該生爲布爾家的女兒，瑪格麗苦澀的想著。也許爸爸會對跟他興趣相投的女兒多花點心思吧。

「走嘛——」黛安催道，她彎身將瑪格麗從地上拉起來，「他是植物學家，對吧？他在那下頭做什麼？」

「很複雜，」瑪格麗提高嗓門，想要壓過電視裡的爆炸聲和槍聲，「有一次他試著跟我解釋，可是……」瑪格麗任黛安將她從地上拉起。

「安靜啦！」凱西叫道，一邊死盯著電影，螢光幕上的色彩在他衣服上亂閃。

「他是在製造科學怪人還是什麼？」黛安問，「或是機器戰警之類的？是的話就太酷了。」

「閉嘴啦！」看到阿諾．史瓦辛格出場時，凱西忍不住再度大吼。

「爸在地下室裡放了各種機器和植物，」瑪格麗不安的說，「可是他不希望我們下去那裡。」

「呃？好像是最高機密喲！」黛安一對碧眼興奮的發亮，「走啦，咱們去偷看一下下就好了嘛。」

「不行。」瑪格麗告訴她。她忘不了兩個星期前，自己和凱西想要進地下室時，父親憤怒的表情。也忘不了爸爸高吼永遠不許他們到地下室的模樣。

「走啦，我賭妳不敢。」黛安挑釁的說，「妳怕啦？」

「我才不怕呢。」瑪格麗堅稱道。黛安總是向她挑戰，逼她做些她不想做的事。

她實在不懂，爲什麼黛安會覺得比別人勇敢那麼重要。

這句英文怎麼說

走啦，我賭你不敢。
Come on. I dare you.

「膽小鬼。」黛安重複說。她將紅髮甩到肩後，快速的走到地下室門口。

「黛安——別去！」瑪格麗大叫著追了過去。

「嘿，等一等！」凱西喊著將電視關掉。「妳們要下樓啊？等等我！」他很快的站起來，興奮的趕到地下室門口，加入兩人的陣容中。

「我們不可以……」瑪格麗才開口，就被黛安摀住了嘴。

「我們很快偷瞄一眼就好了。」黛安堅持說，「只是看看嘛，我們什麼也不碰，然後就直接回樓上。」

「好吧，我先去。」凱西說著，去抓門把。

「妳爲什麼要這麼做？」瑪格麗問黛安，「妳爲什麼這麼想進地下室？」

黛安聳聳肩，「總比做數學作業好玩吧！」她笑著答道。

瑪格麗嘆了口氣，她完全敗給黛安了。「好吧，咱們走。不過記住哦——只能看，不能摸。」

凱西拉開門，率先踏向階梯，一夥人才來到樓梯平臺上，便被熱騰騰的霧氣吞沒了。他們聽見電器設備在嗡嗡作響，並看到右邊布爾博士的工作室中傳來青白的強光。

這倒有意思，瑪格麗心想。三人同時步下覆著油布的階梯。

這是場冒險。

偷瞄一眼有什麼關係。

可是爲什麼她會心跳如雷？爲什麼會感到突來的恐懼？

註：美國亞利桑那州南部城市。

這句英文怎麼說

這是場冒險。

It's an adventure.

3.

「天哪！這裡好熱！」

一夥人越往下走，空氣就越悶熱，越令人難以忍受。

瑪格麗喘著氣，氣溫的急遽變化，實在讓她透不過氣來。

「好潮溼哦，」黛安說，「對頭髮和皮膚很好耶。」

「我們在學校念過雨林的資料，」凱西說，「也許爸想建造一座雨林。」

「也許吧。」瑪格麗不確定的說。

爲什麼她覺得如此詭異？

只因爲他們闖入了父親的領地？違反了他的命令嗎？

瑪格麗躊躇不前，左顧右盼。地下室被分成兩個長方型的大房間，左邊是黑

漆漆的，尚未完工的娛樂間。瑪格麗勉強能看到房間中央乒乓球桌的輪廓。

右邊的工作間則燈光敞亮，一群人拚命眨著眼，過了一會兒才讓眼睛適應強光。天花板上的大型鹵素燈射出幾道慘白的光芒。

「哇！你們看。」凱西瞪大眼睛叫道，一面興奮的走向燈光。

數十株油亮高長的植物伸向燈光，這些莖粗葉寬的植物密密麻麻的種在覆著黑土的低矮窄槽中。

「好像一座叢林喔！」瑪格麗喊道，也跟著凱西來到燈光下。

事實上，這些植物與叢林植物十分相似——多葉的藤蔓、長著細長卷鬚的大樹、纖弱的蕨類、奶白色的根像瘦削的膝蓋骨自土中突伸而出。

「好像沼澤之類的地方哦。」黛安說，「妳爸爸眞的在五、六個星期中就培育出這些東西嗎？」

「是啊，我滿確定的。」瑪格麗回答。她瞪著細黃莖幹上結出的巨大紅番茄。

「噢，妳過來摸摸這個。」黛安說。

瑪格麗一眼望過去，看到黛安正撫摸著一片淚珠狀的寬扁葉片。「黛安——

這句英文怎麼說

好像一座叢林喔！
It's like a jungle!

我們不該碰任何……」

「我知道，我知道啦。」黛安說著，但手下依然不放，「可是，妳過來摸摸看嘛。」

瑪格麗不太情願的照做了。「摸起來不像葉子。」她說；而黛安則跑到一旁檢視一大株蕨類植物，「好平滑哦，像玻璃一樣。」

三個人站在白光下，檢視著各種植物，他們碰著厚實的莖桿，撫摸平滑溫暖的葉片，驚異著某些植株上結出的碩大果實。

「這裡太熱了。」凱西抱怨道，他將T恤一脫，丟在地上。

「哇，肌肉男！」黛安嘲弄的說。

凱西朝她吐了吐舌頭，接著他淡藍的眼珠睜得老大，一臉驚喜。「嘿！」

「凱西——怎麼了？」瑪格麗問著向他奔過去。

「這棵——」他指著一棵樹般高大的植物，「這棵會呼吸耶！」

黛安放聲大笑。

可是瑪格麗也聽見了，她抓著凱西的裸肩，豎耳傾聽。沒錯，她清楚的聽見呼吸聲，而那聲息似乎就來自那株高大多葉的樹木。

「你們怎麼啦？」黛安看著一臉驚訝的凱西和瑪格麗問。

「凱西說的沒錯。」瑪格麗輕聲表示，一面聆聽那平穩而富節奏的聲息。「樹的確在呼吸。」

黛安翻翻白眼，「說不定它感冒，蔓藤塞住不通了。」她自顧自的覺得好笑，可是身邊兩位朋友卻笑不出來。「我沒聽見哪！」她靠近說。

三個人靜靜聽著。

一片死寂。

「它——停了。」瑪格麗說。

「別鬧了，你們兩個。」黛安啐道，「你們嚇不了我的啦！」

「不，是眞的。」瑪格麗反駁說。

「嘿——妳們瞧瞧這個！」凱西已經轉移陣地去看別的東西了。他站在對面的一個長玻璃箱前。那箱子看上去有點像電話亭，裡頭有個及肩高度的架子，架子四周纏繞著數十條電線。

這句英文怎麼說

我你們怎麼啦？
What's your problem?

瑪格麗的目光循著電線，看到幾呎之外一個類似的玻璃箱。兩個箱子之間放置著某種像發電器的東西，看來似乎跟兩邊箱子都接了線。

「那是什麼？」黛安來到凱西身邊問。

「別碰。」瑪格麗警告說，她又望了呼吸的樹一眼，然後走過去加入他們。

可是凱西已經伸手去摸前面箱子的玻璃門了。「我只想看看門是不是開的。」他說。

凱西抓住玻璃——接著他震驚的瞪大眼睛。

凱西全身開始抖動，頭部巨幅的左右擺動，兩眼翻白。

「噢，救命！」他終於喊道，他的身體越抖越劇烈，越顫越快速。「救我！我——我停不下來！」

4.

「救我啊！」

凱西全身像被電流穿過般的顫抖個不停，他的頭在肩上抽搐著，眼神狂亂而迷惑。

「求求妳們！」

瑪格麗和黛安張大了嘴驚恐的望著。瑪格麗首先發難撲向凱西，伸手想要將弟弟從玻璃上拉開。

「瑪格麗——不行！」黛安尖叫道，「別碰他！」

「可是我們總得想點辦法呀！」瑪格麗大喊。

一會兒後，黛安和瑪格麗才發現，凱西已不再抖動了，而且還放聲大笑。

這句英文怎麼說

別碰他！
Don't touch him!

「凱西？」瑪格麗瞪著他問，臉上的恐懼慢慢轉成驚訝。

凱西靠在玻璃上，身體已經不抖了。他的嘴勾出一彎調皮的笑容。

「騙到了！」他說，然後笑得更凶，他指著黛安和瑪格麗，一邊得意的笑著又說了一遍：「騙到了！騙到了！」

「一點都不好笑！」瑪格麗尖聲吼道。

「你是裝的？太爛了吧！」黛安大吼，臉色跟頭上的燈光一樣蒼白，下唇還隱隱顫抖著。

她們撲到凱西身上，將他推倒。瑪格麗坐在他身上，而黛安則按住他的肩膀。

「騙到了！騙到了！」他繼續說，直到瑪格麗搔他肚子，癢到說不出話來，才暫時住嘴。

「你這討厭鬼！」黛安大叫，「超級討厭鬼！」

一群人打鬧半天，卻因房間對面一記低吟，而嘎然止住。三個孩子抬起頭，朝那聲音的方向望去。

偌大的地下室此刻一片寂靜，只剩眾人沉重的呼吸聲。

「那是什麼?」黛安悄聲問。

三人仔細聆聽。

又是一記低吟,一記憂傷沉鬱如薩克斯風的低吟。

那樹般的植物,突然垂下卷鬚,宛如蛇隻將身子垂降到地上一般。

又是一聲悠長沉鬱的哀吟。

「是……是那些植物!」凱西一臉驚懼的說。他將姊姊從身上推開,然後站起來,一邊將凌亂的金髮往後撥。

「植物不會出聲和呻吟的啦。」黛安盯著那一大盆佈滿房間的植物說。

「這些就會。」瑪格麗說。

那盆植物的卷鬚像人類的手臂一樣擺動移位。他們又聽見緩慢沉穩的呼吸聲了,接著是一聲如風的嘆息。

「我們離開這裡吧!」凱西說著,並朝樓梯方向挪動。

「這裡實在太恐怖了!」黛安跟在他身後說,眼睛還是盯著那些會擺動、呻吟的植物。

這句英文怎麼說

我們快離開這裡吧！
Let's just get out of here!

「我相信爸可以跟我們解釋的。」瑪格麗說。她語氣雖然平靜，聲音卻忍不住發顫，她一邊跟著黛安和凱西退出房間。

「你爸好怪哦！」黛安朝門口走去。

「才沒有。」凱西立即抗議，「我爸在這裡做很重要的實驗。」

一棵高長的植物嘆了口氣，似乎要向他們彎過身來。那植物揚起卷鬚，好像在向他們招手，召喚他們回來。

「我們快離開這裡吧！」瑪格麗大叫。

三個人衝上樓梯時，都快喘不過氣了。凱西緊緊將門關上，還不忘確定門確實關緊了。

「太怪了！」黛安又說著，一邊緊張的扯著自己長長的紅髮。「眞的太詭異了。」這是黛安的口頭禪，不過瑪格麗不得不承認，這句話說得實在太對了。

「爸警告過我們別到地下室去的。」瑪格麗忙喘著氣說，「我想爸知道我們看了會怕，而且我們也不會懂。」

「我要走了。」黛安半開玩笑的說。她跨到紗門外，回頭看著姊弟倆，「待會兒要不要一起溫習數學？」

「好啊，當然好。」瑪格麗說，心裡還在想著剛才那些會動、會叫的植物。其中有些似乎想過來碰他們，對著他們吶喊。但是，唉，那當然是不可能的。

「待會兒見囉。」黛安說，然後朝車道跑去。

黛安才走，父親深藍色的小貨車就出現在轉角，朝車道開過來了。

「爸從機場回來了。」瑪格麗從門邊轉過身，問離她幾碼遠，正站在走廊上的凱西說：「地下室的門關緊了沒？」

「關緊了。」凱西答道，他又檢查了一次，確定無誤。「爸絕不會知道我們……」

凱西打住話，嘴巴大張，卻發不出聲音。

他的臉變得死白。

「我的T恤！」凱西慘叫一聲，拍著自己裸露的胸膛。「我把T恤留在地下室了！」

5.

「我得把它拿回來。」凱西說，「要不然爸會發現的——」

「太遲了。」瑪格麗望著車道打斷他說，「爸已經開到車道上了。」

「只要一秒鐘就好了。」凱西堅持說，他伸手去握地下室的門把，「我衝下去再衝上來。」

「不行！」瑪格麗全身緊繃的站在窄小的走廊中央，她就站在前門與地下室之間，兩眼望向前方，「爸已經停好車，走下來了。」

「可是他會發現的！」凱西孩子似的高聲哀鳴。

「那又怎麼樣？」

「還記得上次他有多生氣嗎？」凱西問。

「我當然記得，」瑪格麗答，「可是他又不會把我們宰了，凱西，我們不過偷看他的植物一眼罷了，爸爸他——」

瑪格麗停住了嘴，靠近紗門。「嘿，等一下。」

「怎麼了？」凱西問。

「快！」瑪格麗轉身揮手說，「去！快下樓去——要快啊！是隔壁的亨利先生，他把爸攔住了，兩人在車道上講話。」

凱西驚呼一聲，火速的拉開地下室的門，然後消失不見了。瑪格麗聽見他三步併作兩步的衝下樓，接著聽見他奔進父親的工作室，腳步漸漸遠去。

快啊，凱西，瑪格麗心想，一邊站在前門把風。她看到父親跟亨利先生談話時，一邊抬著手擋住陽光。

快啊！

你知道爸從不跟鄰居聊太久的。

看起來似乎全是亨利先生一個人在說話，也許他在請爸爸幫什麼忙吧，瑪格麗心想。亨利先生的手很拙，不似布爾博士靈巧，因此他老是請瑪格麗的爸爸過

這句英文怎麼說

我當然記得。
Of course I remember.

去幫忙修東補西的。

爸現在正在點頭，臉上笑得有點勉強。

快啊，凱西。

快上來這裡呀，你在哪？

布爾博士的手仍遮在眼前，他很快的朝亨利先生揮揮手，然後兩人一起轉身，開始快速朝各自的家門走去。

快呀，凱西。

凱西──爸來了！快點呀！瑪格麗心中暗暗催促。

從地上撿個T恤再跑上樓，哪要花這麼久的時間？

不該去這麼久的。

爸現在走到步道前了，他看見門口的瑪格麗，並朝她揮手。

瑪格麗也揮揮手，並回頭望著走廊盡頭的地下室門口。「凱西──你在哪裡？」她大聲喊。

沒有回答。

地下室裡無聲無息。

一點聲音都沒有。

布爾博士停在外頭，檢視步道前的玫瑰花叢。

「凱西？」瑪格麗喊道。

還是沒回答。

「凱西——快點！」

一片寂靜。

父親蹲著身，翻動玫瑰花叢下的泥土。

恐懼傳遍瑪格麗全身，她知道自己別無選擇。

她得下樓去，看看凱西爲何遲遲不上來。

這句英文怎麼說

凱西—— 快點！

Casey– hurry!

6.

凱西奔下樓，他斜靠著金屬扶梯，方便他一次兩階跳下去。凱西重重落在地下室的水泥地板上，向映著白光的植物室直奔而去。

凱西在門口停住腳，等眼睛適應那道強過白晝的光。他重重吸了口濕重的空氣，屏住呼吸。這裡實在太熱，太濕黏了，他的背都癢了起來，脖子上還刺刺麻麻的。

那叢植物以立正的姿勢站在白光下。

凱西看見自己的T恤，皺巴巴的躺在一株高大多葉的植物前幾呎處的地上。那樹似乎朝T恤傾著枝幹，長長的卷鬚垂然而下，鬆軟的繞在樹幹周遭的土上。

凱西怯怯的走進房間一步。

我爲什麼這麼害怕？凱西自問。

那不過是一間種滿各式怪植物的房間罷了。

爲什麼我會覺得它們在注視我，在等待我？

凱西暗罵自己膽小，又朝地上的T恤走近幾步。

嘿——等一等。

是呼吸聲。

那呼吸聲又來了。

沉穩的呼吸，不大聲，但也並不輕緩。

是誰在呼吸？是什麼在呼吸？

是那棵大樹在呼吸嗎？

凱西盯著地上的T恤，那麼近，究竟是什麼一直在阻止他上前去拿，不讓他趕快奔回樓上？是什麼讓他一直猶豫不前？

他又踏前一步，接著又傳來呼吸聲了。

是那聲音變大了嗎？

這句英文怎麼說

是那棵大樹在呼吸嗎？
Was the big tree breathing?

凱西跳起來，他被一記突來的低吟聲嚇了一跳，那聲音來自靠牆的一大間儲藏室。

那聲音聽起來像是人聲，就像有人在裡邊痛苦的呻吟。

「凱西——你在哪裡？」

瑪格麗的聲音聽來如此遙遠，雖然她人就在樓梯口而已。

「目前還好。」他向瑪格麗喊道，可是他的聲音有如細蚊，瑪格麗也許聽不見。

凱西又走了一步，然後又是一步。

T恤就在幾呎外了。

動作快點，衝過去，就可以拿到手了。

儲藏室裡又傳來一聲哀吟，似乎有株植物在嘆息。一棵高大的蕨類突然彎身擺動枝葉。

「凱西？」他聽見樓上姊姊焦急的呼喚，「凱西——快點哪！」

我有啊，凱西心想，我很努力想快點啊！

然而，究竟是什麼令他裹足不前？

又一聲低嘆，這回傳自房間的另一側。

凱西又向前走兩步，然後蹲低身子，往前伸出手。

T恤幾乎到手了。

他聽見一陣低吼，接著是更多的呼吸聲。

凱西抬眼看著那棵長樹，那長長的卷鬚繃緊變硬了，或者，這只是他自己的幻想而已？

不是幻想。

原本鬆垮垂擺的卷鬚，這會兒全繃直了，一副蓄勢待發的模樣。

是蓄勢要攫住他嗎？

「凱西——快點！」瑪格麗催促道，聲音聽起來如此飄忽。

凱西沒回答，只是一心看著自己的T恤。就在幾呎外了，只剩下幾呎，再一呎就到了。

那植物再次發出低吼。

「凱西？凱西？」

這句英文怎麼說

你還好嗎？回答我呀！

Are you okay? Answer me!

枝幹上的葉子顫顫抖抖。

只差一呎，就快拿到了。

「凱西？你還好嗎？回答我呀！」

凱西抓住T恤。

兩根蛇般的卷鬚向他纏了過來。

「啊？」凱西叫出聲來，嚇到全身發麻。「怎麼回事？」

那卷鬚一下纏到他的腰上。

「放開我！」凱西大叫，一手緊緊抓住自己的衣服，另一隻手則抓著卷鬚。

那卷鬚不肯鬆開，只是溫柔的將他慢慢纏緊。

瑪格麗！凱西想要叫喊，嘴裡卻發不出半點聲音。瑪格麗！

他奮力的掙扎，並往前猛拉。

卷鬚依然不放。

它們纏得並不緊，也沒有要將他扼住或拉回的意思。

但就是不肯放開。

那纏在肌膚上的卷鬚溫暖而潮溼，不像植物，倒像是動物的臂膀。

救命啊！凱西再次想要喊出聲音，他使盡全力，向前猛拉。

沒有用。

凱西蹲低身，貼著地板，想要滾開去。

卷鬚還是不放。

接著那植物發出一聲重重的嘆息。

「放開我！」凱西大叫，他終於發出聲音了。

接著，瑪格麗突然站在他身旁。剛才凱西並沒聽見她下樓，也沒看見她走進來。

「凱西！」瑪格麗大叫，「到底怎麼……」

她張大嘴，瞪大雙眼。

「它……它不肯鬆手！」凱西對瑪格麗說。

「不！」瑪格麗高聲尖叫，奮力抓住其中一根卷鬚，拚命拉扯。

那樹鬚僅撐了一會兒，便鬆開了。

這句英文怎麼說

那植物發出一聲重重的嘆息。
The plant uttered a loud sigh.

凱西開心的歡呼一聲，然後掙脫其他的卷鬚。瑪格麗放開卷鬚，拉住弟弟的手，朝樓梯口狂奔了起來。

「噢！」

兩人在樓梯底下停住了腳。

樓梯頂端，站著他們的父親。父親正怒目瞪視著他們，他握緊雙拳插在腰際，面色鐵青。

7.

「爸……那些植物！」瑪格麗叫道。

父親俯視著他們，眼神冷酷而憤怒，他直直盯著，不發一語。

「有一個抓住凱西了！」瑪格麗告訴父親。

「我只是下樓去拿我的T恤而已。」凱西顫聲說道。

兩人一臉期待的望著父親，等著他鬆開手，放緩嚴厲的神情，跟他們說說話。

然而父親只是俯視著他們，注視良久。

最後，爸爸終於開口了，「你們沒事吧？」

「沒事。」兩人異口同聲的點頭說。

瑪格麗發現自己仍握著凱西的手，她放開手去扶梯把。

這句英文怎麼說

你們兩個太讓我失望了。
I'm very disappointed in you both.

「你們兩個太讓我失望了。」布爾博士用低沉的嗓音冷冷的表示，但他並沒有生氣。

「對不起。」瑪格麗說，「我知道我們不該……」

「我們什麼也沒碰，眞的！」凱西大聲說。

「太教我失望了。」他們的父親又說。

「對不起，爸爸。」

布爾博士示意要兩人上樓，然後逕自走到走廊上。

「我還以爲他會吼我們哩。」凱西一邊跟著姊姊上樓，一邊低聲說。

「老爸不會那樣的。」瑪格麗也低聲回答。

「可是上一回，我們不過是想進地下室而已，就被他罵了。」凱西回嘴。

兩人跟著父親來到廚房，父親要他們在白桌前坐下，接著自己也在他們對面坐了下來。

他來回看著瑪格麗和凱西，彷彿生平第一次見到他們似的，不停的打量著。

他面無表情，幾乎和機器人一樣的不帶一絲喜怒哀樂。

「爸，那些植物是怎麼回事？」凱西問。

「你這話是什麼意思？」布爾博士說。

「它們好……好怪哦！」凱西說。

「以後我會跟你們解釋的。」他冷冷的說，眼睛仍緊瞅著二人。

「看起來很有意思。」瑪格麗表示，心中暗自掙扎該如何措辭才好。

老爸是故意要讓他們緊張的嗎？瑪格麗心想，若是如此，他可眞是成功哪。這一點都不像爸的作風，一點也不像。爸一向非常直接，他如果生氣了，便會直說，如果不高興，也會表示自己不開心。

那麼，爸爲什麼會這麼詭異，如此的安靜而……冷漠呢？

「我告訴過你們別進地下室，」他疊著腿，靠在廚房的椅子上，並將椅子往後頂著，靜靜說道，「我以爲我已經說得很清楚了。」

瑪格麗和凱西互瞄一眼，最後，瑪格麗說道：「我們不會再犯了。」

「可是你能不能帶我們下樓，告訴我們你在做什麼？」凱西問，他還沒將T恤穿回去，只是坐在桌邊將手裡的衣服握成一球。

這句英文怎麼說

看起來很有意思。
It looks very interesting.

「是啊，我們很想知道。」瑪格麗興奮的補充。

「以後再說吧！」他們的父親表示。他將椅子放平，站起了身，「我很快就會告訴你們的，好嗎？」他抬起手，伸伸懶腰。「我得回去工作了。」說完便消失在走廊前端了。

凱西聳了聳肩抬眼看著瑪格麗。不一會兒，布爾博士拿著剛才丟在扶梯上的實驗袍再度出現。

「媽媽的飛機起飛沒問題吧？」瑪格麗問。

他點點頭，將袍子罩到頭上，「大概吧！」

「希望艾琳娜阿姨沒事。」瑪格麗說。

布爾博士語焉不詳的虛應一聲，然後調整袍子，拉妥領口，「待會兒見。」便又消失在走廊盡頭了。兩人聽見父親關上地下室的門。

「我想老爸不會因爲咱們溜到地下室，而把我們禁足或處罰了吧!?」瑪格麗說。她靠在桌邊，雙手托著下巴。

「大概吧！」凱西表示，「他的舉止眞的……很奇怪。」

「大概是因爲媽不在家，心裡煩吧。」瑪格麗說。她坐起身，推了凱西一把。

「走啦，起來了，我還有工作要做。」

「我簡直不敢相信我會被那棵植物抓到。」凱西若有所思，動也不動的說。

「幹嘛推我啦！」凱西抱怨道，不過他還是站起來，讓路給瑪格麗。「我今晚一定會作惡夢。」他悶悶的說。

「別去想地下室就沒事了。」瑪格麗建議道。這建議眞爛呀，她告訴自己，可是她還能說什麼？

瑪格麗回到自己房裡，她已經想念起媽媽了。接著她腦海裡又浮現地下室裡，凱西拚命從糾結的巨鬚中掙脫的情形。

瑪格麗一陣戰慄，抓著課本，趴到床上，看起書來。

然而紙頁上的字卻一個也讀不進去，那些低吟、呼著氣的植物，不斷鑽進她的思緒中。

至少我們沒爲這件事被懲罰，瑪格麗心想。

至少爸爸這回沒吼人也沒有嚇人。

這句英文怎麼說

我今晚一定會作惡夢。

I'm going to have bad dreams tonight.

而且，爸爸答應不久後會帶我們下樓，跟我們解釋他在下頭做什麼。

想到這裡，瑪格麗寬心不少。

她的心情一直不錯，直到隔天早晨，她早早醒來下樓做早餐，卻驚訝的發現爸爸已經在工作了。地下室的門不但關得緊緊的，而且上頭還裝了一把鎖。

接下來的週六下午，瑪格麗躺在自己房間的床上，跟母親講著電話。「很遺憾艾琳娜阿姨的情況並不好。」她將白色的電話線繞在手腕上。

「手術不如預期的順利。」布爾太太的聲音聽起來很疲累。「醫生說，也許得再動一次刀，不過他們得先等她恢復體力才行。」

「我想，妳大概沒辦法很快回來囉。」瑪格麗難過的說。

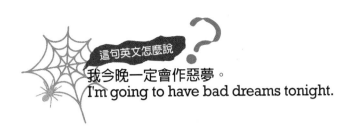

布爾太太大笑道：「妳該不會是在想我吧？」

「嗯……是呀。」瑪格麗坦承。她抬眼看著臥室窗口，兩隻麻雀落在外頭窗架上，興奮的嘰喳個不停，弄得瑪格麗心神不寧，聽不清楚原本就雜音甚多的電話聲。

「妳爸還好嗎？」布爾太太問，「昨晚我跟他通電話，但他只是咕咕噥噥的，不知在說些什麼。」

「他連對我們咕噥都沒有！」瑪格麗抱怨。她用手掩著耳朵，將啁啾的鳥語遮去。「他連話都很少說。」

「妳爸爸很拚哪。」布爾太太回答。瑪格麗聽見電話那頭有擴音器在播報，媽媽是從醫院的公共電話打來的。

「他從不踏出地下室一步。」瑪格麗嘆道，她其實沒打算吐這麼多苦水的。

「妳爸爸的實驗對他來說很重要。」母親說。

「有比我們重要嗎？」瑪格麗高聲埋怨。她實在討厭自己的牢騷，真希望自己沒在電話上抱怨爸爸的不是。媽媽在醫院裡已經夠操心了。瑪格麗知道自己不該雪上加霜。

布爾太太說：「妳爸爸很想向自己跟別人證明一些事。我想，他會那麼拚，是希望向馬提納先生和大學裡的其他人證明，將他解雇是錯的。他想讓他們知道，他們犯了大錯。」

「可是他以前不在家工作時，我們還比較常看到他！」瑪格麗埋怨。

這句英文怎麼說

他從不踏出地下室一步。
He never comes out of the basement.

電話那頭傳來母親不耐煩的嘆氣，「瑪格麗，我是在跟妳解釋一些狀況，妳夠大了，應該要懂事。」

「對不起啦。」瑪格麗立刻表示，她決定換個話題。「他現在突然戴起球帽來了。」

「誰？凱西嗎？」

「不是啦，媽。」瑪格麗答說，「是老爸。他戴著棒球帽，而且從來不肯脫下來。」

「真的嗎？」布爾太太十分訝異的問。

瑪格麗大笑道，「我們跟他說，看起來很豬頭，可是他就是不肯脫。」

布爾太太也笑了，「唉呀，有人在喊我了。」她說，「我得走了，小心照顧自己哦，親愛的，我稍後再打電話給你們。」

喀喳一聲，媽媽掛斷了電話。

瑪格麗望著天花板，看著前院來回晃映的樹影。麻雀飛走了，徒留一片寂靜。

可憐的老媽，瑪格麗心想。

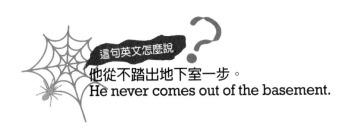

她那麼擔心阿姨，而我卻還埋怨老爸的不是。

我爲什麼要那麼做？

瑪格麗坐起身，聆聽一片寂靜。凱西去朋友家了，爸一定還在地下室工作，那門還小心的上了鎖。

也許我該給黛安打個電話，瑪格麗心想。她伸手拿電話，卻發現自己餓了。她決定還是先吃午飯，再打電話給黛安。

瑪格麗快速將頭髮梳理完畢，對著梳妝臺上的鏡子甩甩頭，然後衝下樓。她驚訝的發現，爸爸竟在廚房裡，背對著她，縮在水槽邊。

瑪格麗正想喊他，卻停住了。爸在做什麼呀？

瑪格麗好奇的貼著牆，從廚房門口瞄著父親。

布爾博士好像在吃東西。他用單手扶著水槽邊，一隻手握著流理台上的袋子。瑪格麗詫異的看著父親將手伸進袋裡，掏出一大把東西，塞進他的嘴裡。

只見父親一陣狼吞虎嚥，然後又從袋裡撈出一把食物貪婪的嚥下去。

爸到底在吃什麼？瑪格麗實在不懂。爸從不跟我和凱西一起吃飯，他總是說

這句英文怎麼說

他總是說他不餓。
He always says he isn't hungry.

他不餓，可是現在他可餓得緊了！好像幾天沒吃過飯似的！

瑪格麗在門口望著父親一把接一把的掏著食物，張口大嚼。一會兒後，布爾博士將袋子一揉，扔到水槽下的垃圾桶裡，然後在白袍上擦了擦手。

瑪格麗立即從門邊走開，輕手輕腳的越過走廊，溜進客廳。當父親來到走廊，大聲清著喉嚨時，瑪格麗屏住呼吸。

地下室的門又關上了，瑪格麗聽到父親仔細的將門鎖上。

等確定爸爸已經下樓後，瑪格麗匆匆走入廚房，她得弄清楚，爸到底吃什麼吃得那麼津津有味。

瑪格麗打開垃圾桶，伸手進去將揉成一團的袋子拉出來。

當她看到袋子上的商標時，忍不住驚呼一聲。

她發現，爸爸剛才吃的竟然是肥料！

8.

瑪格麗努力嚥著口水，覺得嘴裡乾得跟棉花一樣。她突然發現，自己因抓流理台抓得太用力，把手都繃痛了。

瑪格麗強逼著自己鬆手，她瞪著掉在地板上，空了一半的肥料袋。

瑪格麗覺得噁心得不得了，她實在無法擺脫剛才那幅恐怖的畫面，爸爸怎麼會吃這些糞土？

瑪格麗發現，他不僅是吃而已，而且是將肥料塞入嘴裡，大口的吞下去。

一副很喜歡吃的樣子。

一副很需要吃的樣子。

吃肥料一定是他實驗中的一環，瑪格麗告訴自己。可是哪種實驗會這樣呀？

這句英文怎麼說

一副很喜歡吃的樣子。
As if he liked it.

他想用他培植的那些怪植物來證明什麼？

袋子裡的東西聞起來酸不溜丟的，像糞土。瑪格麗深吸一口氣，屏住呼吸。她突然覺得反胃，望著那袋子，她實在無法不去想像裡頭噁心的肥料，吃起來有多麼恐怖。

噢！

她差點嘔出來。

老爸怎麼會把這種令人作噁的東西塞到自己嘴裡？

瑪格麗依舊閉著氣，抓著近乎掏空的袋子，奮力一揉，扔回垃圾桶裡。她正想從流理台邊轉身，卻被一隻手抓住肩膀。

瑪格麗暗叫一聲，迅速轉過身。「凱西！」

「我回來啦。」凱西對著她笑說，「午餐吃什麼？」

稍後，瑪格麗幫弟弟做好花生醬三明治後，將自己剛才看到的情景全部告訴了弟弟。

凱西大笑。

「有什麼好笑的，」瑪格麗不悅的說，「咱們的爸爸在吃土耶！」

凱西又笑了，不知怎的，他就是覺得好笑。

瑪格麗重重搥了凱西肩頭一記，害得他把三明治都弄掉了。

「抱歉，」瑪格麗很快的說，「可是我不明白你在笑什麼，這很噁心耶！爸一定哪裡不對勁了，很不對勁！」

「也許他只是很想吃肥料罷了。」凱西又笑出聲來，他還是沒把瑪格麗的話當一回事，「就像妳會很想吃那些蜂蜜花生一樣啊！」

「那不一樣。」瑪格麗罵道，「吃土是很噁的，你爲什麼不承認？」

凱西還來不及回答，瑪格麗便繼續一股腦兒的將自己的不悅傾吐而出。「你難道不明白嗎？爸爸變了，變了很多，而且媽離開後，他待在地下室的時間也變得更久了……」

「那是因爲媽不在家呀。」凱西插話說。

「而且爸一直都不說話，對我們又好冷淡。」瑪格麗不理會凱西，自顧自的

這句英文怎麼說

那不一樣。
That's different.

繼續說道，「他幾乎連話都不跟我們說了，爸以前很愛跟我們開玩笑的，而且還會問我們學校的功課。現在他連人話都不會說了，再也不像從前一樣喊我『小公主』或『胖妞』了，他再也不……」

「妳不是很討厭人家喊妳『胖妞』嗎？」凱西滿嘴花生醬笑著說。

「我知道啦，」瑪格麗不耐煩的說，「我只是在舉例嘛。」

「那妳到底想說什麼？」凱西問，「爸精神失常？發瘋了嗎？」

「我……我不知道。」瑪格麗懊惱的答道，「看到他吞下那包噁心的肥料，我就……我就會害怕的想，他就要變成植物了！」

凱西跳起來，椅子在地板上往後刮動。他開始像僵屍一樣的在廚房裡亂晃，閉著雙眼、兩臂直伸。「我是可怕的植物男！」他叫道，拚命把自己的聲音壓低弄粗。

「不好笑。」瑪格麗雙手交疊在胸前，拒絕發笑。

「植物男大戰野草女！」凱西說著，朝瑪格麗晃過來。

「不好笑啦！」瑪格麗重申道。

凱西撞到流理台，敲到了膝蓋。「唉喲！」

「活該。」瑪格麗說。

「植物男要大開殺戒囉！」他大吼一聲，向她撲過去。凱西對準瑪格麗，拿頭當棒槌，抵著她的肩膀。

「凱西——你別鬧了好不好！」瑪格麗尖叫道，「停了啦！」

「好啦，好啦。」凱西往後退開，「如果妳肯幫我個忙，我就不鬧了。」

「什麼忙？」瑪格麗翻著白眼問。

「幫我再做一份三明治。」

星期一下午放學後，瑪格麗、凱西及黛安一行人，在黛安家的後院來回扔著飛盤。微風輕揚的天氣十分暖和，天空點綴著綿絮般的碎雲。

黛安將飛盤扔高了，飛盤越過凱西頭頂，滑進車庫後一排芳香的檸檬樹林裡。凱西追過去，結果絆到草坪上的灑水器。

兩個女孩縱聲大笑。

這句英文怎麼說

幫我再做一份三明治。
Make me another sandwich.

凱西邊跑邊將飛盤丟向瑪格麗，瑪格麗伸手去抓，飛盤卻硬是被風吹走了。

「有個瘋狂的科學家爸爸是什麼滋味呀？」黛安突然問道。

「什麼？」瑪格麗不確定自己有沒有聽錯。

「別楞在那裡，快丟呀！」凱西在車庫邊催促道。

瑪格麗將飛盤往她弟弟的方向高高擲出，凱西很喜歡又跑又跳的接飛盤。

「他只是在從事奇怪的實驗，並不表示他就是個瘋狂的科學家。」瑪格麗不悅的說。

「眞的是夠怪的了！」黛安正色表示，「昨晚我作惡夢，夢見你們家地下室裡那些可怕的植物，它們叫著要來抓我。」

「對不起啦。」瑪格麗衷心表示，「我自己也作了惡夢。」

「小心！」凱西大叫。他丟出一記低矮的飛盤，黛安在及膝的高度接住了。

瘋狂科學家，瑪格麗心想，瘋狂科學家，瘋狂科學家。

這幾個字不斷的在她腦海裡重複著。

瘋狂科學家只有電影裡才看得到——不是嗎？

「前幾天晚上，我爸還談到妳爸呢！」黛安邊將飛盤扔給凱西說。

「妳沒跟他提——提我們去地下室的事吧？有嗎？」瑪格麗急急的問。

「沒有。」黛安搖頭答道。

「喂，這些檸檬熟了沒呀？」凱西指著一株矮樹說。

「你不會摘一顆吃吃看就知道了？」瑪格麗罵道，凱西一直打斷她，令她不勝其擾。

「妳爲什麼不吃？」凱西果然回嘴了。

「我爸說，妳爸爸被寶利科技解聘，是因爲他的實驗已經失控了，但他卻不肯罷手。」黛安透露說。她沿著平滑、修剪整齊的草地追著飛盤。

「妳這話是什麼意思？」瑪格麗問。

「學校要他停止手邊的實驗，可是他拒絕了，說他不能停手，至少我爸是這麼聽說的，有個人到門市部跟他提的。」

瑪格麗沒聽說過這件事，她聽了心情很糟，卻又覺得不無可能。

「妳爸爸的實驗室裡出了很大的亂子，」黛安接著說，「好像有人受重傷，

這句英文怎麼說

這些檸檬熟了沒？
Are these lemons ripe?

還是喪命之類的。」

「不會的，」瑪格麗反駁道，「如果眞有其事，我們會聽說的。」

「是啊，也許吧。」黛安承認，「不過我老爸說，妳爸是因爲拒絕終止實驗，才被解聘的。」

「那也不表示他是瘋狂科學家啊！」瑪格麗袒護著說，她突然覺得自己得爲老爸說說話，但她不確定原因。

「我只是把聽到的轉達給妳罷了。」黛安用力將頭髮甩到身後，「妳爲什麼那麼凶。」

三人又玩了幾分鐘，黛安換了個話題，談到他們認識的幾名十一歲同學，竟然已經開始交男女朋友了。接著他們又談了一會兒學校的事。

「該走了。」瑪格麗對凱西喊道，凱西從草坪上拾起飛盤跑過來。「晚點再打電話給妳。」瑪格麗揮揮手對黛安說，便和弟弟一起穿過鄰居後院，往回家的路上跑。

「我們需要一棵檸檬樹，」兩人放慢腳步時，凱西表示，「檸檬樹好酷哦！」

「是喔！」瑪格麗語帶反諷的說，「咱們家最缺的就是植物了。」

兩人越過樹籬，進入自家後院時，發現父親竟然也在。他站在玫瑰花架邊，檢查一叢叢的粉紅玫瑰。

「嘿，爸爸！」凱西喊道，「接好囉！」他將飛盤扔向父親。

布爾博士轉身時已經太遲了，飛盤從他頭上飛擦而過，球帽應聲落下。布爾博士驚愕的張大了嘴，抬起手蓋住自己的頭頂。

可是，來不及了。

看到父親的頭，瑪格麗和凱西不禁失聲尖叫。

一開始，瑪格麗以爲父親的頭髮變綠了。

可是，接著她清楚的看見，他頭皮上的並不是頭髮。

爸爸的頭髮不見了，全掉光了。

原本的頭皮處，冒出了翠綠的葉片。

9.

這句英文怎麼說

你們兩個過來。
Come here, you two.

「孩子們——沒事的！」布爾博士喊道，他很快彎身撿起球帽，又戴回頭上。

一隻烏鴉從頭頂長叫一聲飛掠而過，瑪格麗抬眼循著烏鴉飛去的方向望去，但父親頭頂冒著綠葉的駭人景象，卻揮之不去。

一想到頭上長了葉子會是哪種感覺，瑪格麗便忍不住頭皮發麻。

「沒事，眞的。」布爾博士又說了一次，並快步走向兩人。

「可是，爸——你的頭。」凱西結結巴巴的說，臉色霎時變得蒼白。

瑪格麗覺得很想吐，她一直努力嚥著口水，拚命壓抑噁心的感覺。

「你們兩個過來。」父親輕聲說道，並分別攬住兩個孩子的肩膀。「我們到樹蔭那邊坐下來談一談。今早我跟你們的媽媽在電話上談過了，她說你們對我的

工作很有意見。」

「你的頭——全是綠色的！」凱西又說。

「我知道，」布爾博士笑道，「所以我才戴著帽子，不想讓你們兩個擔心。」

他領著兩人來到車庫旁樹籬下的陰涼處，三個人在草地上坐了下來。「我想，你們一定覺得老爸變得很怪，對吧？」

他看著瑪格麗的眼睛。瑪格麗覺得很不自在，便將眼神移開。

烏鴉再度狂亂的啼叫著，朝另一個方向飛去。

「瑪格麗，妳都沒說話。」父親輕輕握住她的手說，「怎麼啦？妳想跟我說些什麼？」

瑪格麗嘆口氣，依然不敢直視父親。「告訴我們吧，你頭上怎麼會長葉子？」她坦白的問。

「是副作用啦，」父親告訴她，一邊繼續握住她的手。「只是暫時性的，不久就會消退，頭髮也會長回來。」

「可是到底是怎麼發生的？」凱西盯著父親的球帽問，帽沿下還跑出幾片綠

這句英文怎麼說
你發現新的植物品種了嗎？
Did you discover a new kind of plant?

葉子。

「如果我跟你們解釋我在地下室做些什麼，你們大概會覺得好過些吧！」布爾博士表示。他枕靠在自己臂上，「我一直忙於實驗，沒太多時間跟你們講話。」

「你是根本沒時間跟我們講話。」瑪格麗糾正父親。

「對不起。」布爾博士垂下眼說，「我真的很抱歉，可是這項實驗實在太有趣，也太困難了。」

「你發現新的植物品種了嗎？」凱西交疊著雙腿問。

「不是，我是在培育一種新的植物。」布爾博士解釋。

「啊？」凱西大叫。

「你們在學校有沒有討論過ＤＮＡ？」他們的父親問。

兩人搖搖頭。

「ＤＮＡ的問題滿複雜的，」他接著說。他想了一會兒，「我試試看用簡單的方式來說吧，」他撥弄著手上的繃帶說，「假如說，有個人智商非常高，也就是腦力很強。」

「就像我。」凱西插話說。

「凱西，閉嘴。」瑪格麗怒斥道。

「很聰明，就像凱西一樣。」布爾博士表示同意，「假設我們能將賜與某個人的高度腦力的分子、基因或基因的一小部分分離出來，並將它傳輸到其他人的腦裡，那麼這種優良的腦力便能代代相傳下去，讓許多人擁有極高的智商了。你們懂了嗎？」他先看看凱西，又看看瑪格麗。

「好像懂吧。」瑪格麗說，「你把某人身上的精華取出來，再放到其他人身上，然後他們就也有那份能力了，接著他們又把那份能力傳給自己的子子孫孫。」

「很好。」布爾博士露出數週來第一朵笑容，「許多植物學家就是這樣處理植物的。他們把某種植物中的果實因子放到另一種植物上，創造出能結出五倍果菜或穀物的新品種來。」

「你就是在做這種實驗嗎？」凱西問。

「不完全是。」他們的父親沉聲說，「我的實驗有些不尋常，我現在真的不想多談，不過我可以告訴你們，我在嘗試培育一種空前絕後的植物，我想培養一

這句英文怎麼說

不完全是。
Not exactly.

種帶有動物成分的植物。」

凱西與瑪格麗驚訝的望著父親。瑪格麗首先開口，「你是說，你從動物身上擷取細胞，放到植物身上嗎？」

布爾博士點點頭。「我眞的不想再多說了，你們了解爲什麼這件事不能張揚出去了吧。」他看著瑪格麗，再看看凱西，打量他們的反應。

「你是怎麼做的？」瑪格麗問，腦中拚命思索父親剛才所說的一切。「你是怎麼把這些細胞從動物身上移到植物上的？」

「我試著用電將細胞打散，」他答道，「我有兩個玻璃櫃，連接著一個強力的發電器，你們溜進地下室時，也許已經見過了。」他苦笑了一下。

「是啊，看起來像電話亭。」凱西說。

「其中一個是發電，另一個是接收電的。」他解釋說，「我把適當的ＤＮＡ，也就是適當的基本單位，從一個箱子傳送到另一個箱子，那是很精密的工作。」

「你成功了嗎？」瑪格麗問。

「很接近了。」布爾博士說著，臉上露出愉悅的笑容。那笑意只維持了幾秒，接著博士便若有所思的突然站起身。「我得回去工作了。」他靜靜表示，「待會兒見。」便大步越過了草坪。

「可是，爸爸。」瑪格麗從後頭喊他，她和凱西也站了起來。「你的頭，那些葉子，你沒跟我們解釋呀。」她和弟弟匆匆趕上父親。

布爾博士聳聳肩，「沒什麼好解釋的，」他搪塞道，「只是副作用而已。」他調整自己的球帽，「別擔心，只是暫時性的副作用罷了。」

爸爸對地下室實驗的解釋，似乎已頗令凱西滿意了。「爸在從事很重要的工作。」他用異乎尋常的嚴肅語氣說。

可是，當瑪格麗起身回屋子時，卻發現父親的話令她擔憂。而她更憂心的是那些父親沒有說出口的話。

瑪格麗關上自己的房門，躺在床上思索。爸其實並沒有解釋爲什麼他的頭上會冒出葉子，「只是副作用罷了」——說了等於沒說。

是什麼引起的副作用？到底是什麼造成的？他的頭髮爲什麼會掉落？什麼時

這句英文怎麼說

沒什麼好解釋的。
Nothing to explain.

候能長得回來？

爸爸顯然不想和他們討論這檔事，只丟下一句副作用，便匆匆趕回地下室工作了。

副作用。

每次想到這句話，瑪格麗就覺得噁心。

那是什麼感覺呀？從毛孔裡長出綠綠的葉子，在頭上蔓延開來。

天哪，光想就令她全身發癢。她知道自己今晚八成又會作惡夢。

瑪格麗抓住枕頭抱在肚子上，雙手緊緊環住。

凱西和我應該多問他一些問題的，比如，地下室裡的植物爲什麼會呻吟？爲什麼有些好像會呼吸？那棵植物爲什麼會抓住凱西？爸爸用的是哪種動物？

太多太多的疑問了。

更別提瑪格麗最想問的一個：你爲什麼要吃那包超噁心的肥料？

可是她不能問哪，她不能讓爸知道自己在偷窺他。

她和凱西眞正想知道的問題，一個都沒問。他們只是很高興爸爸願意坐下來跟他們說話，即使只有幾分鐘而已。

不過瑪格麗覺得爸爸的解釋很有意思，能知道爸爸的驚世成名之作就要完工了，其實滿好的。

可是其他的部分呢？

瑪格麗腦中興起一個可怕的念頭：爸會不會是在對我們說謊？

不會的，她很快的想，不會的，爸不會對我們說謊的。

他只是還有些問題沒回答罷了。

那天夜半，瑪格麗心裡依舊圍繞著那些問題打轉——在晚餐後、跟黛安在電話上聊了一個小時後、做完功課、看了一點電視、就寢之後——她依舊想著那些問題。

當她聽見鋪了地毯的梯階上，傳來爸爸輕柔的腳步聲時，瑪格麗從床上坐了起來。一縷輕風撥動房裡的窗簾，她聽見爸爸的腳步行經她的房門，進入浴室，並聽見水槽裡嘩嘩的水聲。

我得去問問爸爸，瑪格麗下定決心。

這句英文怎麼說

我得知道答案。
I have to know the answer.

她看了一眼時鐘，凌晨兩點半。

可是她知道自己再清醒不過了。

我得問爸爸有關肥料的事。

否則我眞的會瘋掉，我會一直想個不停。每次我看見他，就會想到他站在水槽邊，一把接一把吞著肥料的模樣。

一定有個簡單的解釋吧，瑪格麗告訴自己。她爬下床，一定有個合理的解釋才對。

而我非知道不可。

她躡手躡腳的來到走廊。浴室門口微開著，透出一束銀光，水槽裡的水還在流動。

她聽見父親咳了幾聲，然後聽見他調整水量。

我得知道答案，她想。

我就直話直說好了。

她踏到一小塊三角型的光束中，朝浴室裡窺望。

爸靠在水槽邊，裸著胸，他的襯衫丟在身後的地板上，球帽擺在旁邊的馬桶蓋上，覆在他頭頂的葉片在浴室燈光的照明下，油綠發亮。

瑪格麗屏住呼吸。

那葉子好綠，好茂密啊。

爸並未注意到她，只是專心一意的弄著手上的繃帶。他拿著一把小剪刀將繃帶剪開，然後拆了下來。

瑪格麗看到他的手還在淌血。

是血嗎？

從爸爸手上傷口滴出來的是什麼呀？

瑪格麗依舊屏息而立，她看著父親用熱水將手上的東西仔細清洗乾淨，然後檢查一番，眼睛因專注而瞇成了一條線。

清洗完後，傷口繼續滴著血。

瑪格麗用力的望著，希望能看清楚些。

那不會是血吧——是嗎？

這句英文怎麼說

他看到我了。
He saw me.

流進水槽裡的不會是血吧？

看起來是淡綠色的！

她驚喘一聲，奔跑著回到自己的房間，腳下的地板吱嘎作響。

「誰？」布爾博士大叫。「瑪格麗嗎？還是凱西？」

他將頭伸進走廊裡，瑪格麗則溜回自己房間。

他看到我了！瑪格麗跳到床上。

他看到我了——這下他一定會追過來的！

10.

瑪格麗將被子拉到下巴邊。她發現自己在發抖，渾身打冷顫。

她屏住氣豎耳聆聽。

她仍聽見水流入浴室水槽的聲音。

但沒有腳步聲。

他沒來找我，瑪格麗靜靜的大口嘆了聲氣。

我怎麼會有那種想法？我怎麼會那麼恐懼——懼怕自己的父親？

懼怕。

她心中第一次閃出這種念頭。

坐在床上劇烈的發抖，緊緊抓住被子，聆聽父親接近的腳步聲，瑪格麗知道

自己眞的怕到極點。

害怕自己的父親。

她心想，如果媽媽在的話就好了。

她不假思索的伸手去拿電話，想打電話給母親，將她喚醒，請她儘快趕回家來。她想告訴媽媽，爸遇到可怕的事了，他變了，變得舉止怪異……

瑪格麗望了一眼時鐘，兩點四十三分。

不，她不能這麼做。可憐的媽媽在圖桑照顧阿姨，已經夠煩心了，她不能再這樣去嚇她。

這句英文怎麼說

她能說什麼？
What could she say?

何況，她能說什麼？她如何向母親解釋自己被老爸嚇壞的事？

布爾太太只能要她冷靜，說爸爸還是很愛她，絕不會傷害她的，爸只是太投入工作而已。

太過投入……

爸爸的頭上長著葉片，嘴裡吃著泥土，而且血是綠的。

太過投入……

她聽見水槽裡的水關掉了，浴室裡的燈熄上了。她聽見父親緩緩朝他走廊盡頭的房間邁去。

瑪格麗稍稍鬆懈，滑到床上，鬆開緊抓被子的手。她閉上眼，試著放空思緒。她試著去數羊。

可惜不管用。她本來想要數到一千，但數到三百七十五便坐起來了。她頭痛欲裂，嘴巴乾澀得不得了。

瑪格麗決定到樓下，從冰箱裡弄點冷水喝。

我明天慘了！她心想，一邊靜靜的穿過走廊下樓。

現在已經是明天了。

我該怎麼辦？我好歹得睡一會兒吧。

廚房的地板在她腳下嘎吱作響，冰箱的馬達突然大聲響了起來，害她嚇了一大跳。

冷靜啊，她告訴自己。妳一定得保持冷靜才行。

瑪格麗打開冰箱門伸手取水瓶時，卻被人抓住肩頭。

這句英文怎麼說

她試著去數羊。

She tried counting sheep.

「唉呀！」她大叫一聲，水瓶掉到了地上。冰涼的水灑在她的腳上。瑪格麗往後跳開，但腳還是被水濺溼了。

「凱西——你嚇死我了！」她叫道，「你不睡覺在做什麼？」

「那妳不睡覺在做什麼？」凱西睡眼惺忪的反問，他的金髮貼在額前。

「我睡不著，幫我把水擦乾吧。」

「又不是我弄翻的。」凱西往後退開，「妳自己擦。」

「是你害我打翻的！」瑪格麗罵道，她從流理台上抓了一卷紙巾，整卷塞給凱西，「快點啦！」

兩人跪在地上，藉著冰箱的燈光，動手將水擦乾。

「我一直在想事情。」凱西說，他將一團溼紙巾扔到台子上，「所以才睡不著。」

「我也是。」瑪格麗皺著眉頭說。她正想說點別的，卻被走廊上傳來的聲音打斷。那是一記哀傷的呼喊，一種淒涼的呻吟。

瑪格麗倒吸了一口氣，停止擦水的動作。「那是什麼？」

凱西的眼神裡盡是恐懼。

兩人又聽到了，那聲音如此悲涼，就像在懇求一樣。

「是……是從地下室裡發出來的。」瑪格麗說。

「妳想，會是植物發出來的嗎？」凱西悄聲問道，「妳想會是爸種的植物嗎？」

瑪格麗沒回答，她蹲坐著，動也不動，只是專心聆聽。

又是一聲長吟，這次輕些，卻一樣悽然。

「我覺得爸沒跟我們說實話。」她凝視著凱西的眼睛說。凱西的臉色在微弱的冰箱光線下，顯得如此蒼白而恐懼。「我不認爲番茄樹會發出那樣的聲音。」

瑪格麗站起身，收拾一團團溼答答的紙巾，將它們丟到水槽下的垃圾桶裡。然後她將冰箱門關上，廚房又是漆黑一片了。

瑪格麗伸手搭在凱西肩上，領著他走出廚房穿過走廊。兩人在地下室門口停了下來，靜靜聽著。

一片死寂。

這句英文怎麼說

我覺得爸沒跟我們說實話。
I don't think Dad told us the truth.

凱西拉了拉門，但門鎖住了。

又是一聲低嘆，這會兒聽來近在眼前。

「好像人的聲音哦！」凱西呢喃著。

瑪格麗渾身一陣發涼。地下室裡發生了什麼事？究竟發生什麼事了？

她帶頭回到樓上，在門口等著看凱西安然返回自己房裡。凱西對她揮揮手，靜靜打著呵欠，然後關上房門。

幾秒鐘後，瑪格麗又躺回床上了，儘管夜裡十分溫暖，她還是將被子拉到下巴。她發現自己的嘴仍然乾澀得厲害，她連口水都沒喝到。

瑪格麗迷迷糊糊的淺睡了一下。

鬧鐘在七點半響了。瑪格麗坐起身，想到學校。她想起學校因教師開會，停課兩天。

瑪格麗將鬧鐘關掉，躺回枕頭上，想要多睡一會兒。可是她這會兒全醒了，昨晚的種種又全跑回腦海裡了。幾個小時前的恐懼感，再度充盈心中。

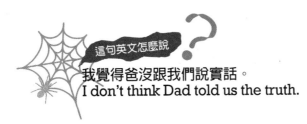

瑪格麗站起來伸伸腰。她決定去跟父親談談，把所有原本想問的問題，一一提出來。

瑪格麗心想，我如果不去找他，他就又躲到地下室去了，而我只能一整天巴巴的坐著，想那些可怕的事。

我不想被自己的父親嚇著。

我不想。

瑪格麗在睡衣上套了件淡色棉袍，在亂七八糟的衣櫃裡找到拖鞋，然後來到走廊上。走廊十分燠熱悶溼，幾乎令人無法呼吸。微明的曙光從天窗灑了進來。

瑪格麗在凱西房前停下腳步，心想不知該不該將凱西喚醒，讓他也一起去問問題。

不，她覺得可憐的老弟大半夜沒睡，應該讓他多睡一會兒。

瑪格麗深深吸了口氣，穿過走廊，來到父母的寢室前。

門是開的。

「爸？」沒人回答。

這句英文怎麼說

床上是什麼東西？
What was that in the bed?

「爸，你起床了嗎？」瑪格麗走進房裡，「爸爸？」

父親似乎不在房內。屋裡的空氣悶悶的，聞起來有股怪怪的酸味。窗簾拉上了，被套亂成一團堆在床腳邊。瑪格麗朝床邊走近幾步。

「爸？」

不在。

她沒堵到爸爸。

瑪格麗不悅的發現，也許爸已經把自己鎖進地下室的工作間裡了。

他一定起得很早，而且……

床上是什麼東西？

瑪格麗打開梳妝臺上的燈，走到床邊。

「噢，天哪！」她大叫一聲，驚懼的用手掩住自己的臉。

床單上覆著一層厚厚的泥土，一塊塊的土。

瑪格麗望著土塊，不敢呼吸，也動彈不得。

那土又黑又溼。

而且土塊竟然在動。

在動？

不可能的，瑪格麗心想，怎麼可能？

她彎身細看那層土。

沒有，土沒有在動。

而是土塊中有數十隻蠕動的蟲隻，是長長的褐色蚯蚓，蚯蚓在父親床上黑溼的土塊中，鑽進爬出。

這句英文怎麼說

凱西到十點半才下樓來。
Casey didn't come downstairs until ten-thirty.

11.

凱西到十點半才下樓來。趁他下樓前，瑪格麗已做好早餐，穿上牛仔褲和T恤，而且跟黛安在電話中聊了半個小時了。其他時間，則在客廳裡來回踱步，思忖著下一步該怎麼做。

瑪格麗急著想要和父親談談，她用力敲著地下室的門，而且越敲越響。然而爸爸若不是沒聽到，就是置之不理，總之一點反應也沒有。

當凱西終於出現時，瑪格麗爲他倒了杯柳橙汁，並領著他到後院談話。天色朦朧，天空幾乎是黃色的，雖然太陽還在山巔留連，但空氣已經熱得教人發悶了。

姊弟倆走到樹籬邊的遮蔭下，瑪格麗把爸爸的綠血及他床上爬滿蚯蚓的事告

訴了弟弟。

凱西張嘴呆立，拿在面前的柳橙汁一口都沒喝。他注視著瑪格麗，許久說不出話來。

最後，凱西將果汁放在草地上說：「我們該怎麼辦？」聲音近乎耳語。

瑪格麗聳聳肩，「眞希望媽媽會打電話來。」

「妳會把一切告訴她嗎？」凱西將手插入鬆垮垮的短褲口袋裡問。

「我想會吧。」瑪格麗表示，「我不知道媽會不會相信，不過……」

「眞可怕，」凱西說，「我的意思是，他是我們的爸爸呀，我們認識他一輩子了，我是說……」

「我明白，」瑪格麗說，「可是他變了，他……」

「也許他有很好的解釋，」凱西萬分凝重的表示，「也許整件事都有很好的理由，比如說他頭上的葉子。」

「那件事我們問過他了，」瑪格麗提醒弟弟，「他只說是副作用，解釋了跟沒解釋一樣。」

這句英文怎麼說

你會把一切告訴她嗎？
Would you tell her everything?

凱西點點頭，卻沒答腔。

「我跟黛安提了一些。」瑪格麗承認道。

凱西訝異的看著姊姊。

「我總得找個人說吧！」瑪格麗惱怒的罵道。「黛安覺得我應該去報警。」

「啊？」凱西搖搖頭，「爸又沒做壞事——對吧？警察能做什麼？」

「我知道啦。」瑪格麗答道，「我也是這麼跟黛安說的，可是她說一定有辦法可以管管瘋狂的科學家。」

「爸又不是什麼瘋狂科學家。」凱西憤怒的說，「太誇張了吧！他不過是……他只不過是……」

只不過是什麼？瑪格麗心想。爸究竟算什麼？

幾個小時後，兩人還在後院子裡商量著該怎麼做，接著廚房門開了，爸爸叫他們回屋裡。

瑪格麗詫異的看著凱西，「我不相信，他竟然上樓來了。」

「也許我們可以跟他談一談。」凱西說。

兩人快步跑進廚房，戴著球帽的布爾博士對著他們笑了笑，然後將兩碗湯擺到桌上。

「嗨！」他開心的說，「吃午飯囉。」

「爸，我們得談一談。」瑪格麗一臉嚴肅的說。

「只怕我沒什麼時間了。」布爾博士避開她的眼神，「坐呀，試試這道新菜，我想知道你們喜不喜歡。」

瑪格麗和凱西順從的坐下來。「這是什麼東西啊？」凱西大叫。

兩只碗裝滿了綠糊糊的東西，「看起來像是綠色的馬鈴薯泥。」凱西皺著眉頭說。

「這東西不一樣。」布爾博士站在桌首，神祕兮兮的說，「吃呀，嘗嘗看，你們一定會很驚訝的。」

「爸……你以前從來沒爲我們煮過午餐的。」瑪格麗努力壓抑語氣中的猜疑。

「我只是希望你們能嘗嘗而已，」笑容從他臉上褪去，「你們是我的天竺鼠呀。」

這句英文怎麼說

我們得談一談。
We've got to talk.

「我們有點事想問你。」瑪格麗舉著湯匙說，但她沒去嘗那綠糊。
「你們的媽媽今天早上打電話回來。」他們的父親表示。
「什麼時候？」瑪格麗急切的問。
「剛剛才打的，你們大概在外頭，沒聽見電話響吧！」
「媽說什麼？」凱西盯著眼前的碗問。
「艾琳娜阿姨好多了，已經移出加護病房了。她很快就能回來了。」
「萬歲！」瑪格麗和凱西異口同聲歡呼道。
「快吃吧。」布爾博士指著碗命令著。
「呃……你不吃一點嗎？」凱西用手指著湯匙問。
「不了。」布爾博士立即答道，「我已經吃過了。」他手撐在桌上，瑪格麗發現父親受傷的手包了新的繃帶。
「爸，昨天晚上……」她才開口。
可是爸爸立刻打斷她，「快吃呀，試試看。」
「這到底是什麼嘛？」凱西抱怨道，「聞起來滿難聞的。」

「我想你們會喜歡那味道的。」布爾博士不耐煩的強調著，「吃起來應該很甜。」

他盯著兩人，催促他們吃下綠糊。

瑪格麗望著碗中不知名的東西，突然嚇得不知所措。爸太急著要我們吃這東西了，她心想，一邊偷瞄著弟弟。

凱西也不知如何是好。

爸以前從來沒有做過午飯的，他爲什麼會煮這玩意兒？

還有，他爲什麼不告訴我們這是什麼東西？

家裡究竟發生什麼事了？瑪格麗心想。

而凱西的表情也是一副驚疑不定的樣子。

爸是不是對我們別有意圖？這個綠綠的東西會不會改變我們，或傷害我們……或讓我們也長出葉子來？

瑪格麗覺得這些念頭太荒謬了。

可是她也覺得爸爸要逼他們吃的東西，實在令她害怕。

這句英文怎麼說

你們兩個是怎麼了？
What's the matter with you two?

「你們兩個是怎麼了？」父親極不耐煩的高聲說。他抬手做吃東西狀，「快拿起湯匙啊，你們還在等什麼？」

瑪格麗和凱西拿起湯匙，放到軟軟的綠糊裡，可是卻不肯將湯匙送進嘴邊。他們辦不到。

「吃！吃啊！」布爾博士大吼，用沒受傷的手敲著桌子。「你們在等什麼？吃午餐了，快點，快吃啊！」

瑪格麗心想，爸完全不給我們選擇的餘地。

她心不甘情不願的抖著手，將湯匙送到嘴邊。

12.

「吃吧，你們會喜歡的。」布爾博士堅持說，他向前傾著身子。

凱西看著瑪格麗將湯匙送到唇邊。

門鈴響了。

「會是誰啊？」被打斷的布爾博士惱怒的問。「我馬上回來，孩子們。」他踉踉蹌蹌的衝到走廊前。

「還好鈴聲救了我們。」瑪格麗將湯匙放回碗裡，那湯還啵的一聲發出噁心的聲音。

「這玩意兒噁心死了。」凱西低聲說，「好像肥料什麼的，嘔！」

「快點——」瑪格麗跳起來拿起兩只碗說，「快幫我。」

這句英文怎麼說

我馬上回來。
I'll be right back.

兩人衝到水槽邊，拉出垃圾桶，把碗裡的東西舀進桶子裡。然後拿著碗回到桌邊，將碗放在湯匙旁邊。

「咱們去看看門口是誰。」凱西說。

姊弟兩個及時溜到走廊上，看到一個拿著黑色手提箱的男子走進前門，跟老爸握手招呼。男子的頭禿了，曬得頗黑，而且戴了一大副藍色太陽眼鏡。他留著棕色的鬍子，身著深藍色西裝，打著紅白條紋的領帶。

「馬提納先生！」布爾博士高呼道，「什麼……什麼風把你吹來的！」

「他是寶利科技的老闆。」瑪格麗輕聲對凱西說。

「我知道啦。」凱西頂了回去。

「幾個星期前，我說過我會回來看看你的工作進行的如何。」馬提納嗅了嗅空氣說。「魏林頓送我過來的，我的車進廠維修了。」

「我還沒完全準備好，」布爾博士支支吾吾的表示。瑪格麗即使是遠遠望著，也能看出父親極不自在，「我沒想到會有人來，我是說……時間很不湊巧。」

「沒關係，我只是很快看一眼而已。」馬提納說。他一手搭在布爾博士肩上，似乎在安撫他。「我一向對你的實驗很感興趣，這點你也知道，而且你也曉得，解雇你並不是我的意思，是董事會的人逼我這麼做的。他們讓我無從選擇，不過我不會放棄你的，這點我跟你保證。走吧，咱們去看看你有什麼進展吧！」

「嗯……」馬提納先生的意外出現令布爾博士頗爲不悅，他無法掩飾這點，布爾博士面有慍色的想要擋去通往地下室階梯的通道。

至少，對站在弟弟身後，靜靜觀察一切的瑪格麗而言，看起來是這樣的。

馬提納先生繞過布爾博士，拉開地下室大門。「嗨，你們好。」馬提納先生對兩個孩子揮揮手，提起他自己那彷彿有千斤重的手提箱。

看到兩個孩子在場，他們的父親露出驚訝的表情，「你們兩個午餐吃完了嗎？」

「吃完了，還滿好吃的。」凱西撒謊說。

凱西的回答似乎頗令布爾博士開心。他調整頭上的棒球帽，尾隨馬提納先生進地下室，並小心翼翼的鎖上身後的門。

「也許他會讓老爸復職耶。」凱西說著，走回廚房裡。他打開冰箱找東西吃。

這句英文怎麼說

我幫你做份三明治。
I'll make you a sandwich.

「別傻了。」瑪格麗說。她伸手到冰箱裡拿出一盒蛋沙拉，「如果爸眞的在培育動、植物合一的植物，他就出名了，根本就不需要什麼工作了。」

「我想也是。」凱西若有所思的說。

「就這麼多啦？只有蛋沙拉而已嗎？」

「我幫你做份三明治吧。」瑪格麗說。

「我其實不太餓，」凱西答道，「那綠糊讓我倒盡胃口。妳覺得老爸爲什麼要我們吃那玩意兒？」

「不知道。」瑪格麗說。她將手放在凱西瘦削的肩上，「我眞的好怕呀，凱西，我眞希望媽媽在家裡。」

「我也是。」凱西輕聲說。

瑪格麗把蛋沙拉擺回冰箱，關上門，然後將額頭靠在冰箱門上。「凱西……」

「什麼？」

「你覺得爸跟我們說了實話嗎？」

「哪件事？」

「所有的事吧？」

「我不曉得，」凱西搖頭表示，接著他突然表情一變，「有個辦法可以查證。」他兩眼發亮的說。

「呃？你的意思是？」瑪格麗從冰箱邊站直身子。

「我們等爸一離開，就把握機會，」凱西低聲說，「溜到地下室，看看爸到底在做什麼。」

這句英文怎麼說

你什麼時候回來？
When are you coming back?

13.

第二天下午，布爾博士拿著紅色工具箱從地下室出來時，他們的機會就來了。「我答應去幫隔壁的亨利先生裝浴室的新水槽。」他解釋，一邊伸手調整自己的球帽。

「你什麼時候回來？」凱西問，一邊瞄著瑪格麗。

你也太不懂得掩飾了吧，瑪格麗翻翻白眼心想。

「應該不會超過兩、三個小時吧。」布爾博士表示，然後便從廚房門口出去了。

兩人看著父親穿過後院的樹籬，走向亨利先生家的後門。

「要就趁現在。」瑪格麗不無疑慮的看著凱西說，「你覺得我們辦得到嗎？」

她試著去開地下室的門，但門跟平時一樣鎖住了。

「沒問題。」凱西一臉頑皮的笑著說，「去拿個迴紋針來，我讓妳見識見識我朋友凱文上星期教我的本事。」

瑪格麗到她的書桌上找到迴紋針拿給弟弟。凱西將迴紋針拉直，插入鑰匙孔裡，不消幾秒鐘，凱西得意的輕哼一聲，便將門打開了。

「你什麼時候變成開鎖專家了？這個叫凱文的可真是個『益友』啊！」瑪格麗搖頭表示。

凱西笑了笑，示意要瑪格麗先進去。

「好吧，我們反正別多想，做了就是。」瑪格麗說。她鼓足勇氣，走到樓梯平臺上。

幾秒鐘後，兩人已經來到地下室。

雖然已經大致清楚地下室的情形，但他們的恐懼卻絲毫未減。一陣悶熱的空氣迎面撲向他們。瑪格麗發現空氣竟然如此的溼重，她的皮膚很快附著了小小的水滴。

強光逼得兩人別過臉去，他們在植物室門口停住腳。裡頭的植物似乎比他們

這句英文怎麼說

這些植物真的都是新品種嗎？
Are all these plants really brand-new?

上次闖進來時更高、更濃密了。

黃色的枝幹垂著粗碩的長鬚，寬大的綠黃色葉片來回擺動，在白光下閃耀發光。葉片相互拍擊，發出濕漉的輕響。一顆碩大的番茄噗的一聲墜到地上。

所有的東西好像都在發光，所有的植物似乎都充滿期待的顫動著。它們不是靜止不動的。它們彷彿生長般的向上方及四周伸延，渾身活力。

長長的棕色樹鬚在泥地上迂迴而行，纏繞著其他植物，擁抱彼此。一株長及天花板的蕨類彎卷身軀，然後又是一彎。

「哇！」凱西叫道，他對這一片閃亮生光，抖抖顫顫的叢林感到驚異不已。「這些植物眞的都是新品種嗎？」

「大概是吧。」瑪格麗悄聲說，「看起來好像史前時代的東西哦！」

兩人聽見靠牆的儲藏室方向，傳來了呼吸聲、重重的嘆息和低沉的呻吟。

一道樹鬚突然從一柄長莖上甩了過來，瑪格麗將凱西往後拉開。「小心，別靠太近。」她警告說。

「我知道。」凱西立刻回道，並掙開姊姊。「別那樣抓我，嚇死人了。」

那長鬚軟軟的垂到土上。

「對不起。」瑪格麗愛憐的揉揉弟弟的肩說，「我只是……你沒忘記上次的事吧。」

「我會小心的啦。」凱西表示。

瑪格麗打了個寒顫。

她聽見呼吸聲了——穩定而輕柔的呼吸聲。

這些絕不是一般的正常植物，瑪格麗心想。她往後退開一步，用眼睛掃視著這片呼吸有致，燦然生光的驚人叢林。

瑪格麗瞪視著它們，卻聽見凱西驚恐的尖叫道。

「救命啊！我被抓住了！我被它抓住了！」

這句英文怎麼說

我會小心的。

I'll be careful.

14.

瑪格麗發出駭人的驚叫聲，並火速轉身尋找弟弟。

「救我呀！」凱西大叫。

瑪格麗驚惶失措的朝凱西走了幾步，她看到一個灰色的小東西從地上奔竄而過。

瑪格麗縱聲大笑起來。

「凱西，是松鼠啦！」

「什麼？」他的聲音比平日高了好幾個八度，「牠……牠抓到我的腳踝耶，而且……」

「你自己看嘛，」瑪格麗指著說，「是松鼠，瞧牠嚇成那個樣子，一定是不

小心撞到你的。」

「噢。」凱西鬆了口氣，土灰色的臉慢慢恢復了點人色，「我還以爲是植物。」

「是喲，一株毛絨絨的蕨類植物。」瑪格麗搖著頭說。然而她的心臟仍在胸口劇烈的跳動著。「我眞的會被你給活活嚇死，凱西。」

那松鼠在幾碼外停了下來，轉身立起後腳站了起來，並回望著兩人。小東西全身顫抖不已。

「松鼠怎麼會跑到這裡來的？」凱西問，聲音還在發抖。

瑪格麗聳聳肩，「松鼠向來很會鑽，」她說，「記得那隻我們怎麼都趕不走的花栗鼠嗎？」接著她瞄到對牆頂端，一扇地面高度的小窗子——「那窗子是打開的。」她告訴凱西說：「松鼠一定是從那邊爬進來的。」

「噓！」凱西對松鼠喊道，並追起牠來。那松鼠先是尾巴一豎，然後拔腿穿過枝葉交錯的叢林。

「出去！出去！」凱西叫道。

那嚇壞的小東西在凱西的苦苦追趕下，在樹叢裡繞了兩圈，才朝遠處牆邊奔

這句英文怎麼說

我們過去瞧瞧。
Let's check it out.

去，跳到一個硬紙盒上，再跳到高一些的紙盒上，然後從打開的窗口跳出去。

凱西停下腳步，望著上頭的窗子。

「做得好。」瑪格麗說，「我們走了吧，我們一點概念也沒有，根本不知道該找什麼，這樣沒法知道爸爸有沒有說實話。」

瑪格麗開始朝樓梯走去，卻被一記撞擊聲阻住。「凱西……你剛剛有沒有聽見？」瑪格麗找著弟弟的身影，但凱西卻被濃密的葉子遮去了。「凱西？」

「有，我聽到了。」凱西答道，但瑪格麗還是看不到他。「是從儲藏室傳出來的。」

那轟然巨響令瑪格麗不寒而慄，聽起來就像有人在撞擊牆壁。

「凱西，我們過去瞧瞧。」瑪格麗說。

沒人回答。

那撞擊聲越來越響了。

「凱西？」

他爲什麼不答腔呢？

「凱西——你在哪裡？你嚇壞我了！」瑪格麗喊著，一邊往顫動的植物移動過去。又有一顆番茄掉到了地上，就掉在她的腳邊，害她跳了起來。

儘管此地熱氣逼人，瑪格麗卻渾身發冷。

「凱西？」

「瑪格麗……妳過來，我發現一樣東西了。」凱西終於開口了，他的聲音聽來頗為憂心不定。

瑪格麗匆匆繞過樹叢，看到弟弟站在儲藏室旁的工作檯前，儲藏室裡的撞擊聲已經停了。

「凱西，怎麼了？你嚇到我了。」瑪格麗責備道。她停下來，靠在木製的工作檯邊。

「妳看。」凱西拿起一束捲起來的黑色物品。「我在地上發現的，就塞在這個工作檯下。」

「呃？這是什麼？」瑪格麗問。

凱西將那東西攤開。那是一件西裝外套，藍色的西裝外套，裡面還包著一條

這句英文怎麼說

太離譜了吧！
That's ridiculous!

紅白色條紋的領帶。

「是馬提納先生的。」凱西說，他將發皺的外套領口緊捏在手裡，「這是他的外套和領帶。」

瑪格麗驚愕的將嘴張成一個大O字型，「你是說，他把衣服留在這裡嗎？」

「如果是他留在這裡的，爲什麼要捲起來塞在工作檯下？」凱西問。

瑪格麗凝視著外套，用手撫摸著柔滑的條紋領帶。

「昨天下午妳有沒有看見馬提納先生離開我們家？」凱西問。

「沒有。」瑪格麗答道，「可是他一定有離開吧，他的車不在這兒呀。」

「他沒開車來，記得嗎？他跟爸說，是有人送他過來的。」

瑪格麗將眼神從皺巴巴的外套，移到弟弟憂心忡忡的臉上。「凱西——你到底想說什麼？馬提納先生沒離開嗎？他被植物或某種東西吃掉了嗎？太離譜了吧！」

「那麼他的外套和領帶爲什麼會塞在這裡？」凱西逼問道。

瑪格麗還沒機會反應。

樓梯便傳來巨大的腳步聲，兩人倒抽了一口氣。

有人匆匆趕下樓來了。

「快躲起來！」瑪格麗悄聲說。

「躲哪？」凱西六神無主的瞪大眼睛問。

這句英文怎麼說
會是誰呀？
Who is it?

15.

瑪格麗一躍跳到紙箱上，鑽進窄小的窗口，雖然鑽得十分勉強，但她還是爬到草地上了。

接著她轉身去幫凱西。

那隻松鼠還眞是幫了個大忙，瑪格麗心想，她拉著努力鑽出地下室的弟弟的手。

松鼠讓我們找到了唯一的逃亡路徑。

相較於潮溼的地下室，午後的空氣顯得十分清新。兩人大口吸著氣，蹲下來往窗子裡窺望。

「會是誰呀？」凱西低聲問。

瑪格麗不需回答，只見他們的父親走到白光底下，眼睛搜尋著植物間。

「爸爲什麼突然折回來？」凱西問。

「噓！」瑪格麗伸出手指放在唇上。接著她站起來，把凱西拖到後門。「來啦，快點。」

後門沒鎖，兩個人才踏進廚房，父親便一臉關切的從地下室出來了。

「嘿——原來你們在這裡啊！」他喊道。

「嗨，老爸。」瑪格麗故作輕鬆的說，「你怎麼回來了？」

「我得再拿點工具。」布爾博士狐疑的打量著他們，「你們兩個剛才跑到哪裡去了？」

「在後院。」瑪格麗很快接口說，「我們聽到後門關上的聲音，才進廚房的。」

布爾博士生氣的搖頭表示，「妳以前從不對我撒謊的，」他說，「我知道你們又跑到地下室去了，你們連門都沒關。」

「我們只是想看看而已。」凱西很快的說，他害怕的瞄著瑪格麗。

「我們找到馬提納先生的外套和領帶了。」瑪格麗表示，「爸，他怎麼了？」

這句英文怎麼說

你以前從不對我撒謊的。
You never used to lie to me before.

「呃？」這問題似乎令布爾博士感到驚愕。

「他爲什麼把外套和領帶留在地下室？」瑪格麗問。

「我怎麼會養出你們這兩個愛管閒事的小孩。」布爾博士惱怒的說，「馬提納覺得很熱，行了吧？我得讓地下室維持熱帶性的高溫和溼度，馬提納覺得很不舒服，所以就脫掉外套、領帶，塞在工作檯下，後來他離開時忘記帶走了。」

布爾博士乾笑了幾聲，「我想，我在地下室讓他看的東西，把他嚇呆了。難怪他會忘記帶走自己的東西。不過我今天早上打了電話給他，等我把亨利家的東西裝好後，我會開車把他的東西送過去。」

瑪格麗看到凱西臉上露出笑容，她自己也如釋重負。知道馬提納先生安然無恙，實在是太好了。

懷疑自己的父親加害別人，實在太糟了，她心想。

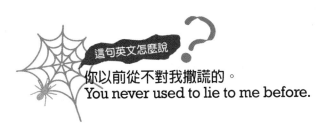

然而她無法不這麼懷疑，每次看見父親，恐懼感就又席捲而來。

「我該走了。」布爾博士說。他拿著選好的工具，往後門走去。不過他在走廊底端停下來，轉身說：「別再去地下室了，好嗎？眞的很危險，你們會後悔莫及的。」

瑪格麗聽著紗門碰的一聲關上了。

他是在警告——還是在恐嚇？瑪格麗驚疑不已。

這句英文怎麼說

他是在警告——還是在恐嚇？
Was that a warning—or a threat?

16.

星期六上午，瑪格麗與黛安騎著自行車到金光燦然的山丘上，陽光穿射晨霧而下，天空湛藍如洗，飄揚的微風減緩燥熱，狹窄的小路兩旁長滿了紅紅黃黃的野花，瑪格麗覺得自己彷彿在他方遠遊。

她們在黛安家吃了午餐——番茄湯和鱷梨沙拉——然後散步回瑪格麗家，一邊想著如何消磨這明媚的午後。

瑪格麗和黛安剛騎上腳踏車，布爾博士便將小貨車倒到車道上來了。他搖下車窗，開懷的笑著喊道：「好消息！妳媽媽就要回來了，我正要去機場接她！」

「哇，太棒了！」瑪格麗歡呼道，她差點喜極而泣。瑪格麗和黛安揮著手，騎向車道。

我實在太開心了，瑪格麗心想，媽回來眞好，這樣我就有人可以談話，有人可以跟我解釋……解釋爸爸的種種了。

兩人在瑪格麗的房間裡看舊雜誌，聽瑪格麗新買的錄音帶。三點多時，黛安突然想起鋼琴課要補課，而且她已經遲到了。黛安慌忙衝出門，跳上腳踏車，嘴裡喊著：「幫我跟伯母問好！」便消失在車道上了。

瑪格麗站在房子後，望著綿延的山丘，心想接下來在母親到家之前，該做些什麼打發時間。一陣涼風撲在她的臉上，瑪格麗決定挑本書，到院子中央的樟樹涼蔭下坐著看書。

她轉身拉開廚房門，凱西便跑過來了。「咱們的風箏呢？」他上氣不接下氣的問。

「風箏？我不知道，做什麼？」瑪格麗問。「喂……」她抓著弟弟的肩膀，要他仔細聽好，她說：「媽媽要回來了，大概一小時左右就會到家了。」

「太棒了！」凱西大叫道，「時間剛好夠我們放一下風箏，風很大耶。走啦，要不要跟我一起去？」

這句英文怎麼說

時間剛好夠我們放一下風箏。
Just enough time to fly some kites.

「好啊！」瑪格麗說，這樣剛好可以打發時間。瑪格麗努力回想風箏收在哪裡。「是不是放在車庫裡？」

「沒有。」凱西告訴她，「我知道了，是在地下室的架子上。風箏線也是。」

凱西將瑪格麗推進屋裡，「我去把鎖弄開，下樓去拿。」

「喂，凱西……下去要小心哪！」瑪格麗在凱西身後喊道。凱西消失在走廊上，瑪格麗心意又變了，她不希望凱西一個人到植物室去。「等一等！」她喊道，「我陪你去。」

兩人很快摸下樓，來到溼熱而燈火青白的地下室。

兩人經過時，那些植物似乎朝他們傾身，作勢抓人。瑪格麗故意不予理會，她走在凱西身後，兩眼直視著正前方的金屬架子。

那架子很深，上頭擺滿了廢棄的玩具、遊戲機、運動器材、一頂塑膠帳篷及一些舊睡袋。

凱西首先來到架子邊，在底層的架子翻找了起來。

「我知道風箏一定在這邊。」他說。

「沒錯，我記得是放在這裡的。」瑪格麗邊說邊瞧著頂層的架子。

凱西跪在地上，從底層拖出幾個箱子。突然間，他停下來，叫道：「哇塞……瑪格麗。」

「呃？」瑪格麗往後退開一步，「那是什麼？」

「妳看。」凱西輕聲說。他從架子後邊拉出某些物品，然後站在那裡拎著那捆東西。

瑪格麗看到他手裡拿著一雙黑鞋和一條藍色長褲。

是藍色的西裝褲嗎？

凱西的臉色霎時變得蒼白，表情凝重，他鬆開手裡的鞋，攤開長褲，拿在面前。

「嘿……看看後面口袋裡有什麼。」瑪格麗指著褲子說。

凱西從口袋中掏出一個黑皮夾。

「我眞不敢相信。」瑪格麗說。

凱西顫著手將皮夾打開，在裡頭搜索。他拉出一張綠色的美國運通卡，然後

這句英文怎麼說

看看後面口袋裡有什麼。
Look in the back pocket.

讀著卡上的姓名。

「是馬提納先生的。」他努力嚥著口水，望著瑪格麗說，「這是馬提納先生的東西！」

17.

「爸說謊！」凱西驚懼的瞪著手裡的皮夾說，「馬提納先生有可能忘了外套，但不可能連褲子和鞋子都忘了吧！」

「可是……他究竟發生什麼事了？」瑪格麗都快吐了。

凱西用力闔上皮夾，難過的搖搖頭，卻沒答話。

房間中央似乎有棵植物在呻吟，那聲音令兩個孩子大吃一驚。

「爸說謊。」凱西又說，一邊望著地板上的長褲和鞋子。「爸對我們說謊。」

「我們該怎麼辦？」瑪格麗喊道，聲音恐懼而絕望。「我們得把這裡的情況告訴別人，可是該跟誰說呢？」

那植物又呻吟起來了，長鬚在土上盤繞，葉子相互輕輕拍擊。

這句英文怎麼說

我們該怎麼辦？
What are we going to do?

接著架子邊的儲藏室裡又傳來了撞擊聲。

瑪格麗望著凱西。「那撞擊聲到底是什麼？」

兩人聽著那不斷傳出的衝撞聲，在一記高聲的撞擊後，儲藏室裡接著又傳出一聲低吟，聽起來像是哀戚的人聲。

「我覺得儲藏室裡有人！」瑪格麗喊道。

「也許是馬提納先生。」凱西猜道，手裡仍緊緊握著皮夾。

碰、碰、碰！

「妳覺得我們該打開儲藏室嗎？」凱西怯怯的問。

一棵植物哀吟一聲，彷彿在回答他們。

「是的，我想我們應該把儲藏室打開。」瑪格麗答道，她突然全身發冷。「如果馬提納先生在裡面，我們一定得將他放出來。」

凱西把皮夾放在架子上。兩人很快來到儲藏室邊。

對面的植物似乎跟他們一樣在移動。他們聽見呼吸聲，又一記呻吟，及窸窸窣窣的聲音。枝上的葉子抖抖簌簌，樹鬚垂落盤桓。

「嘿……妳瞧！」凱西大叫。

「我看到了。」瑪格麗說。儲藏室的門不僅鎖上，還用木條釘死了。

碰、碰，碰碰碰！

「裡頭有人……一定是的！」瑪格麗喊道。

「我去拿槌子。」凱西說。他貼著牆，遠遠的避開那些植物，並朝工作檯挨過去。

幾秒鐘後，凱西拿著拔釘槌回來了。

碰碰！

兩人合力將木條從門上撬開，木條掉在地上發出重響。

儲藏室裡的撞擊聲更響更急了。

「這個鎖該怎麼辦？」瑪格麗望著鎖問。

凱西搔搔頭。汗水自兩人臉上滴落，溽熱的空氣幾乎令人窒息。

「我不會開這種鎖。」凱西不知所措的說。

「如果我們用撬開木條的方式，把門弄開呢？」瑪格麗問。

這句英文怎麼說

繼續試呀！
Keep trying.

碰碰碰！

凱西聳聳肩，「不知道，試試看吧。」

兩人將槌尖擠進細窄的縫隙裡，想要朝鎖住的一側將門弄鬆。然而那門動也不動，兩人只好換邊再試。

「沒有用。」凱西抬起手臂拭著額頭說。

「繼續試啊！」瑪格麗說，「這樣吧，我們兩個一起撬。」

他們把槌尖塞入底下的鉸鏈上方，一起使盡全力推動槌柄。

「有……有點鬆了。」瑪格麗重重喘著氣說。

兩人繼續用力推，接著潮溼的木板開始裂了，姊弟倆推著槌子，將槌尖往隙縫裡擠。終於一聲巨響，門被撬開了。

「咦？」凱西鬆開槌子。

兩人探向黑幽幽的儲藏室裡。

看到儲藏室裡的東西時，兩人禁不住放聲驚叫。

18.

「你看！」瑪格麗大喊，心頭狂跳。她突然頭一暈，只得抓住儲藏室門邊，讓自己站穩。

「我……我不敢相信。」凱西望著狹長的儲藏室顫聲說。

那是植物嗎？

在微弱的天花板燈泡照射下，那些東西在彎曲扭動、哀號嘆息，它們的枝幹搖擺晃動，葉片閃爍翻轉，較高的植株則向前彎傾，彷彿想要觸摸瑪格麗和凱西。

「小心那一棵！」凱西大叫著往後退開，結果撞著了瑪格麗。

「那棵植物有手臂！」

這句英文怎麼說

那是植物嗎？
Were they plants?

「噢。」瑪格麗循著凱西的目光看過去，凱西說的沒錯，那棵高大多葉的植物看起來竟像是有隻綠手自莖幹上垂下來。

瑪格麗在儲藏室裡四處張望，她驚恐的發現有幾棵植物似乎具備人類的特質——綠色的手臂、黃色的手上還伸出三根手指，莖幹部位像兩根粗短的腿。

瑪格麗和弟弟看到一棵長著人臉的植物時，雙雙失聲大叫。在一堆寬大的葉片之中，長了一顆圓圓的綠番茄，可是番茄上有著人類形狀的鼻子，並且張著嘴，不斷發出最悲慘的吟叫與嘆息。

另一株長了一串串橢圓葉片的矮小植物，生著兩張綠色而近乎人臉的東西，那兩張被葉片半遮半掩的人臉，也都張著嘴號叫。

「我們離開這裡吧！」凱西害怕得叫著，並緊抓住瑪格麗的手，拖她離開儲藏室。「這太……太噁心了！」

那些植物紛紛哀號悲嘆，沒長手指的綠臂伸向了瑪格麗與凱西。靠牆邊有棵噁心至極的黃色植物還發出哽噎聲。一株開花的高大植物則搖搖晃晃的向他們伸出細細的鬚狀臂。

「等一等！」瑪格麗大喊著掙開凱西的手。她看到儲藏室最裡面，那些呻吟的植物後面，有某個東西。「凱西……那是什麼？」她指著問。

瑪格麗努力在儲藏室昏暗的燈光下看清楚，植物群後的地上，靠近後牆的地方，有兩隻人類的腳掌。

瑪格麗好奇的走進儲藏室底，她發現那腳掌上頭還連著腿。

「瑪格麗……走了啦！」凱西求道。

「等等……你看，後面有個人哪！」瑪格麗說，她看得更仔細了。

「啊？」

「有一個人，不是植物。」瑪格麗表示。她又前進一步，一條軟軟的綠手輕觸著她的側身。

「瑪格麗，妳在做什麼？」凱西問，聲音又尖又怕。

「我得看看是誰。」瑪格麗說。

她深吸一口氣，屏住呼吸，將身邊一切的呻吟嘆息、綠手和可怕的綠番茄臉全拋到腦後，快速跨過這些植物，來到儲藏室後邊。

這句英文怎麼說

你有毛病啊？
What's wrong with you?

「爸爸！」瑪格麗大叫。

她父親躺在地上，手腳被樹鬚緊緊綑住，嘴巴上被封了一大片膠布。

「瑪格麗……」凱西站在她身邊，他垂眼一瞧，「噢，天哪！」

他們的父親抬眼望著他們，眼裡盡是哀求。「嗯——！」他喊，掙扎著想說話。

瑪格麗蹲到地上，開始幫父親鬆綁。

「不行……住手！」凱西大叫著抓住她的肩膀往後拉。

「凱西，放開我，你有毛病啊？」瑪格麗氣得大吼，「是爸爸呀，他……」

「不可能是爸爸！」凱西依然抓著她的肩膀說，「爸去機場了——記得嗎？」

他們身後的植物似乎齊聲呻吟，像一陣駭人的合唱。一株高大的植物倒下來，朝敞開的儲藏室門口滾來。

「嗯！」父親繼續哀求道，急欲掙脫縛住他的樹鬚。

「我得幫他鬆綁。」瑪格麗告訴弟弟，「放開我。」

「不放。」凱西堅持說，「瑪格麗……妳看看他的頭！」

瑪格麗將目光轉到父親頭上，他沒戴球帽，原本該是頭髮的地方，長著一叢叢的綠葉。

「我們又不是沒見過。」瑪格麗罵道，「是副作用，你忘了嗎？」她伸手去幫父親解開繩子。

「不行……不要啊！」凱西很堅持。

「好啦，好啦。」瑪格麗說，「我只幫他把嘴上的膠布拆掉，不幫他鬆綁行了吧。」

她彎下腰奮力撕開膠布。

「孩子們……我真高興能見到你們。」布爾博士說，「快！幫我解開這個。」

「你怎麼會跑到這裡？」凱西插著腰，高高的站著，俯視著質疑父親。「我們看到你去機場了呀。」

「那不是我。」布爾博士說，「我已經被鎖在這裡好幾天了。」

「啊？」凱西大叫。

「可是我們明明看見你——」瑪格麗說。

這句英文怎麼說

我們怎麼知道你說的是實話？
How do we know you're telling the truth?

「那不是我，是一棵植物。」布爾博士說道，「是從我複製出來的植物。」

「爸……」凱西說。

「拜託，沒時間解釋了。」父親急切的說，一邊抬著長滿樹葉的頭，往儲藏室門口猛瞧，「幫我鬆綁就對了，快呀！」

「跟我們一起住的那個爸爸，其實是棵植物？」瑪格麗不可置信的大叫。

「是的。拜託，幫我解開呀！」

瑪格麗的手往樹鬚伸過去。

「不行！」凱西堅持的說，「我們怎麼知道你說的是實話？」

「我待會兒會解釋一切，我保證。」父親懇求。「快點，我們命在旦夕，馬提納先生也在這裡。」

瑪格麗一驚，望向遠處牆邊，真的，馬提納先生也被封住口，綑綁著躺在一旁的地上。

「放我走啊——拜託妳！」她的父親大叫。

他們身後的植物號聲連連。

瑪格麗再也受不了。「我要鬆開他。」她告訴凱西說，並低身去扯樹鬚。

她父親感激的嘆了口氣，凱西也彎過身去，不太情願的動手解綁。

終於，樹鬚被弄鬆了，父親可以從中掙脫了。他緩緩的站起來，伸腿展臂，彎彎膝蓋。「天啊，感覺眞好。」他對姊弟倆悶悶的一笑。

「爸……我們該不該放了馬提納先生？」瑪格麗問。

布爾博士卻毫無預警的繞過兩個孩子，衝出了儲藏室。

「爸……你要去哪裡？」瑪格麗喊道。

「你說你會解釋所有的事的！」凱西問，他和姊姊穿越哀號不已的植物，跟在父親後頭。

「我會……我會的。」布爾博士呼吸粗重的快速邁到遠處牆邊的木材堆旁。

看到父親拿起斧頭，瑪格麗和凱西驚喘一聲。

父親轉身面對他們，手握粗重的斧柄，他一臉殺氣，開始朝他們逼近。

「爸……你要做什麼？」瑪格麗喊道。

這句英文怎麼說

他不是我們真正的父親！
He's not our real father!

19.

布爾博士將斧頭甩到自己肩上，朝著姊弟二人走過去。他費力的舉起沉重的斧頭，臉色脹紅，瞪大的雙眼因興奮而閃著晶光。

「爸，別這樣！」瑪格麗喊著抓住弟弟的肩膀，一邊退著步子向屋子中央的樹林靠過去。

「你在做什麼？」她又問。

「他不是我們眞正的父親！」凱西叫道，「我就跟妳說我們不該幫他鬆綁！」

「他是我們眞正的爸爸沒錯。」瑪格麗堅稱，「我知道他是的！」她轉向父親，用眼神徵詢他的回答。

然而布爾博士只是回瞪著他們，臉上盡是困惑——與威脅。明亮的天花板燈

光下，布爾博士手裡的斧頭刀刃閃爍不定。

「爸……回答我們！」瑪格麗叫著說，「快回答我們哪！」

布爾博士還來不及回答，便聽見地下室樓梯上傳來迅速而響亮的腳步聲了。

大家一起轉頭看著植物室門口——只見另一名布爾博士慌慌張張的走進來，他手扶著球帽帽沿，氣沖沖的走向兩名孩子。

「你們兩個在這裡做什麼？」他大吼，「你們答應過我的。你們的媽媽回來了，難道你們不想……？」

布爾太太在他身旁出現，她正要出聲招呼，卻硬生生的打住，惶恐而不知所措的看著所有的人。

「不！」看到另一名沒戴帽子的布爾博士手裡拿著斧頭時，她失聲大叫。

「不！」她的臉上滿佈懼色，轉身看著剛剛送她回家的布爾博士。

布爾博士用責怪的眼神看著瑪格麗和凱西，「你們到底做了什麼好事？你們讓他逃出來了嗎？」

「他是我們的爸爸呀！」瑪格麗聲若細蚊的說。

這句英文怎麼說

你們怎麼能放他出來？
How could you have let him out?

「我才是你們的老爸！」門口的布爾博士怒吼一聲。「不是他！他不是你們的爸爸，他根本不是人，是棵植物！」

瑪格麗與凱西倒抽了一口氣，害怕得往後退開。

「你自己才是植物！」沒戴帽子的布爾博士舉著斧頭指責他。

「他很危險！」另一名布爾博士喊道，「你們怎麼能放他出來？」

瑪格麗和凱西被夾在中間，只能來回望著一對眞假父親。

到底誰才是他們眞正的爸爸？

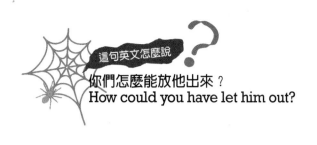

20

「他不是你們的父親！」戴球帽的布爾博士再度大喊著走進房間，「他只是複製品，一個複製的植物，是我實驗失誤的結果。我把他鎖在儲藏室裡，因爲他很危險。」

「你才是複製品！」另一名布爾博士罵道，同時再次高舉斧頭。

瑪格麗與凱西楞楞的站著，不知所以的面面相覷。

「孩子們……你們究竟做了什麼？」布爾太太大叫，她雙手緊緊撫住臉頰，眼睛不可置信的睜大著。

「我們究竟做了什麼？」瑪格麗低聲問弟弟。

凱西來回看著兩個父親，似乎怕得不敢應答。

這句英文怎麼說

我們究竟做了什麼？
What have we done?

「我……我不知道該怎麼辦。」凱西好不容易才擠出一點聲音。

我們能怎麼辦？瑪格麗心裡默默想著，她發現自己渾身都在打哆嗦。

「我得將他毀掉！」揮著斧頭的布爾博士望著房間對面，跟他如出一轍的男子吼道。

眾人身旁的植物抖抖顫顫，大聲嘆著氣，它們的樹鬚在地上四處盤繞，葉片簌簌有聲。

「把斧頭放下來，你騙不了人的！」另一名布爾博士說。

「我得把你毀掉！」沒戴帽子的布爾博士又說，他眼露凶光，臉色醬紅，越逼越近，白燈下，斧頭像充了電似的燦然生光。

爸從來不會那樣的，瑪格麗發現。凱西跟我真是太白癡了，我們竟然把他放出儲藏室，這會兒他就要殺害我們真正的父母親了。

接下來……就輪到我們了！

我該怎麼辦？瑪格麗雖然心慌意亂，卻極力釐清思緒。

我該怎麼辦？

瑪格麗大吼一聲，向前一躍，從假父親手上奪過斧頭。

對方錯愕的倒吸了一口氣，瑪格麗則緊緊握住斧柄，那斧頭比她預期中的更沉重。「退回去！」她高喊，「回去——現在就給我回去！」

「瑪格麗……等等！」她母親大喊，布爾太太還是害怕得不敢離開門口。

沒戴帽的布爾博士伸手去搶斧頭，「還我！妳不知道自己在做什麼！」他懇求著，同時奮力去搶。

瑪格麗邊退邊揮舞著斧頭。「別過來，所有人都別過來。」

「謝天謝地！」戴著球帽的布爾博士歡呼道，「我們得把他關回儲藏室，他很危險。」他走向瑪格麗，「把斧頭給我。」

瑪格麗猶豫不決。

「把斧頭給我！」他喝令道。

瑪格麗轉頭看著母親，「我該怎麼辦？」布爾太太無助的聳聳肩，「我……我也不知道！」

「小公主……別給他。」沒戴帽子的布爾博士柔聲說，他深深望著瑪格麗。

這句英文怎麼說

退回去！
Get back!

他喊我小公主，瑪格麗心頭一震。

而另一個爸爸從沒這樣喊過我。這表示儲藏室裡的父親才是眞的嗎？

「瑪格麗……把斧頭給我！」戴著帽子的父親伸手去抓斧頭。

瑪格麗往後退開，再次揮動斧頭。

「退回去！你們兩個都是……不准過來！」她警告。

「我警告妳，」戴帽子的布爾博士說道，「他很危險的，聽我說，瑪格麗。」

「別過來！」她又說，一邊狂亂的想著自己到底該怎麼做。

哪一個才是我爸爸？

哪一個？哪一個？究竟是哪一個？

她來來回回看著兩個父親，發現兩人的右手都包上了繃帶，瑪格麗突然心生一計。

「凱西，那邊牆上有把刀子。」她握著斧頭說，「去幫我拿來……快點！」

凱西很快衝到牆邊，一會兒才在牆上掛的各式工具中找到那把刀子。他墊高腳尖將刀子扯下來，然後匆匆拿給瑪格麗。

瑪格麗放下斧頭，從凱西手裡接下那把長刀。

「瑪格麗……把斧頭給我呀！」戴球帽的男子不耐煩的催促。

「瑪格麗，妳在做什麼？」從儲藏室放出來的男人問，他忽然面露懼色。

「我……我想到一個辦法。」瑪格麗猶豫的說。

她深深吸了口氣。

然後走到被關在儲藏室的男子面前，將刀輕劃過他的臂膀。

這句英文怎麼說

她深深吸了口氣。
She took a deep breath.

21

「唉喲！」當刀口劃破他皮膚時，那個男人驚叫一聲。

瑪格麗將刀子收回來，刀子在對方身上刺出了一道小傷口。

鮮紅的血從傷口處緩緩滴落。

「他是眞的爸爸。」瑪格麗鬆了口氣的對凱西說。「爸，拿去。」她將斧頭交給父親。

「瑪格麗……妳錯了！」戴著球帽的男子大聲警告，「他在騙妳！他在騙妳呀！」

沒戴帽子的布爾博士以迅雷不及掩耳的動作拾起斧頭，往前逼近三步，高舉斧頭，拚盡全力揮動。

戴著球帽的布爾博士張大嘴，吐出一聲驚叫，當斧頭俐落的砍下，那叫聲也硬生生被切斷了。

黏稠的綠色汁液從砍下的地方滲出，那男子倒下時，嘴巴依然不可置信而驚恐的開著。瑪格麗發現，他的身體其實是樹幹，沒有任何人類的器官。

那軀體重重摔在地上，倒臥在綠色的汁液中。

「小公主——我們沒事了！」布爾博士大聲喊道，然後將斧頭擺到一旁。「妳猜對了！」

「我不是用猜的。」瑪格麗投入父親懷裡說。「我還記得那綠色的血，我在半夜時看到的。你們其中一個在浴室裡，淌著綠色的血，我就知道眞正的爸爸會有紅色的血。」

「我們沒事了！」布爾太太喊道，奔向丈夫的懷中，「我們沒事了！大家全都沒事了！」

一家四口激動的抱成一團。

「我們還有一件事得做。」父親說，他的手臂環抱著兩個孩子，「咱們去把馬提納先生放出來吧！」

晚餐前，一切差不多都回復正常了。

大夥兒終於能好好的歡迎母親回家，並向她解釋在她出門期間，家裡發生的一切。

從儲藏室歷劫歸來的馬提納先生精神也還好。他和布爾博士就發生的事，及布爾博士的實驗內容，討論許久。

他表示實在不了解，布爾博士到底完成了什麼實驗，不過他倒是知道，這是劃時代的創舉。

「也許你需要學院裡控管優良的實驗室，我去跟董事會談一談，看能不能讓你回學校。」馬提納先生表示。那是他邀請父親復職的方式。

布爾博士開車送馬提納先生回家後，又到地下室裡待了差不多一個鐘頭。出來時，他鐵著一張臉，看起來十分疲累。「我把大部分植物都毀了。」他解釋，同時坐到扶手椅裡。「我必須這麼做，那些植物很受折磨，稍晚我會把其他的一

這句英文怎麼說

我們沒事了！
We're okay!

併毀掉。」

「所有植物嗎？」布爾太太問。

「嗯……有少數幾棵正常的可以種到花園裡，」他答道。布爾博士悲傷的搖搖頭說：「只有少數幾棵而已。」

晚餐時，布爾博士終於有力氣跟瑪格麗、凱西及布爾太太解釋地下室裡究竟發生什麼事了。

「我在培育一株超級植物，」他說，「想利用其他植物身上的ＤＮＡ，以電流製造出新的植物品種。後來我不小心切到了手，我當時不曉得自己的血跟手邊正在使用的植物分子混到一起了。當我打開機器時，我的分子便與植物分子相混了……結果製造出動、植物摻雜的東西來。」

「好噁心喲！」凱西叫道，叉子上的馬鈴薯泥也掉了下來。

「我是科學家，」布爾博士回答，「所以並不覺得噁心，反而感到興奮不已。我的意思是，我竟然發明出一種全新的物種。」

「那些長了臉孔的植物是……」瑪格麗問。

這句英文怎麼說

好噁心喲！

That's gross!

她的父親點點頭，「是的，那些正是我把人類因子注入植物中創造出來的，我一直將它們放在儲藏室裡。我一時昏了頭，不清楚自己能做到什麼程度，也不知道能把植物造得多貼近人類。我看得出那些生物很不快樂，很痛苦，可是我卻停不了手，因爲實在太刺激了。」

他從杯子裡喝了一大口水。

「這些事你怎麼都沒跟我說？」布爾太太搖著頭問。

「我沒辦法講啊。」他說，「我不能跟任何人提，我……我太投入了。後來有一天，我實驗過了頭，製造出一棵跟我幾乎一模一樣的植物來。他看起來與我神似，聲音也無二致，而且還擁有我的思想。」

「可是他某些舉止還是很像植物啊，」瑪格麗表示，「他吃肥料，而且還……」

「他並不完美。」布爾博士將身體傾向餐桌，用嚴肅低沉的聲音說，「他有一些瑕疵，不過他夠聰明，也夠強壯，足以打倒我，並將我關在儲藏室裡，取代我的位置……並繼續我的實驗。當馬提納不請自來的出現時，他把馬提納也關了起來，這樣他的祕密才不會被發現。」

「頭上長葉子是瑕疵之一嗎？」凱西問。

布爾博士點點頭，「沒錯，他幾乎是我的完美複製，貼近完美的人類，但小有瑕疵。」

「可是，爸，」瑪格麗指道，「你自己頭上也長了葉子啊！」

布爾博士伸手摘下一片葉子，「我知道。」他做了個厭惡的表情說，「眞的滿噁心的，對吧？」

大家表示同意。

「我切到手時，有些植物的成分跟我的血混到，跑進我身體裡了。」他解釋說，「後來我扭開機器，機器在植物成分跟我的血之間，引發了強烈的化學反應，我的頭髮便在一夕間落盡，而葉子也立即開始萌生了。大家別擔心啦，這些葉子已經開始掉了，我想我的頭髮以後會長回來的。」

瑪格麗與凱西聽了高聲歡呼。

「我想家裡會恢復正常的。」布爾太太對丈夫笑說。

「比正常還好。」他報以微笑的說，「如果馬提納說服董事會讓我復職，我

這句英文怎麼說

比正常還好。
Better than normal.

就把地下室清出來，佈置成全世界最酷的遊戲間！」

姊弟倆再度歡聲雷動。

「我們全都平安無恙，」布爾博士抱著兩名孩子，「這都得謝謝你們兩個。」

這是瑪格麗有記憶以來，最快樂的一頓晚餐。餐後大家清理完畢後，出門去吃冰淇淋，一行人回家時，都快十點了。

布爾博士朝地下室走去。

「嘿——你要去哪裡？」布爾太太疑心的喊道。

「我只是去處理剩下的那些植物而已，」布爾博士向她保證說，「我要確保所有東西都清除了，我們的生命中，這段駭人的章節，已經結束了。」

到了週末，大部分植物均已毀去，一大落的葉子、樹根和莖幹在熊熊烈火中燃燒了幾個小時。少數幾株小棵植物被移到戶外，所有的設備也都在拆掉後，用卡車運到大學裡去了。

星期六，布爾全家四口跑去替新的地下娛樂間選了一張撞球桌。星期天，瑪

格麗站在花園裡，抬眼望著金黃色的山丘。

好平靜啊，她愉悅的想。

這裡是如此的寧靜而優美。

瑪格麗臉上的笑容漸漸褪去，因爲她聽見腳邊有人輕喊，「瑪格麗。」

瑪格麗低頭看到一朵黃色的小花在她腳踝上磨蹭。

「瑪格麗，」那花兒呢喃道，「救救我，求求妳——救救我啊！我是妳爸爸，眞的！我才是妳的爸爸啊！」

我很忙。
I'm busy.

你還要不要我陪你玩哪？
You want me to play with you or not?

老爸在家，媽也被他弄得神經緊張。
Having Dad home has made Mom really tense, too.

他被解聘了。
He got fired.

我警告你們。
I'm warming you.

你什麼都不必擔心。
Don't worry about anything.

你知道我的意思。
You know what I mean.

今天下午天氣真好。
It's a pretty afternoon.

走啦，我賭你不敢。
Come on. I dare you.

這是場冒險。
It's an adventure.

好像一座叢林喔！
It's like a jungle!

你們怎麼啦？
What's your problem?

別碰他！
Don't touch him!

我們快離開這裡吧！
Let's just get out of here!

太遲了。

It's too late.

我當然記得。

Of course I remember.

凱西—— 快點！

Casey– hurry!

是那棵大樹在呼吸嗎？

Was the big tree breathing?

你還好嗎？回答我呀！

Are you okay? Answer me!

那植物發出一聲重重的嘆息。

The plant uttered a loud sigh.

你們兩個太讓我失望了。

I'm very disappointed in you both.

看起來很有意思。

It looks very interesting.

我今晚一定會作惡夢。

I'm going to have bad dreams tonight.

他從不踏出地下室一步。

He never comes out of the basement.

他總是說他不餓。

He always says he isn't hungry.

一副很喜歡吃的樣子。

As if he liked it.

那不一樣。

That's different.

幫我再做一份三明治。

Make me another sandwich.

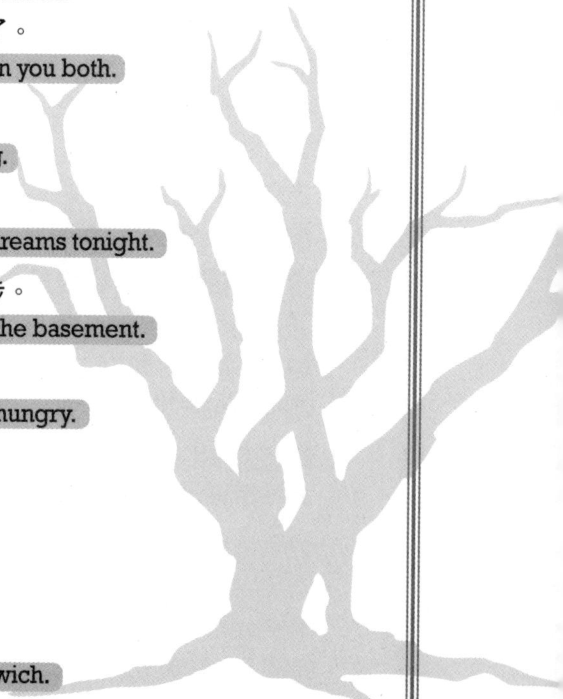

這些檸檬熟了沒？
Are these lemons ripe?

你們兩個過來。
Come here, you two.

你發現新的植物品種了嗎？
Did you discover a new kind of plant?

不完全是。
Not exactly.

沒什麼好解釋的。
Nothing to explain.

我得知道答案。
I have to know the answer.

他看到我了。
He saw me.

她能說什麼？
What could she say?

她試著去數羊。
She tried counting sheep.

我覺得爸沒跟我們說實話。
I don't think Dad told us the truth.

床上是什麼東西？
What was that in the bed?

凱西到十點半才下樓來。
Casey didn't come downstairs until ten-thirty.

你會把一切告訴她嗎？
Would you tell her everything?

我們得談一談。
We've got to talk.

你們兩個是怎麼了？

What's the matter with you two?

我馬上回來。

I'll be right back.

我幫你做份三明治。

I'll make you a sandwich.

你什麼時候回來？

When are you coming back?

這些植物真的都是新品種嗎？

Are all these plants really brand-new?

我會小心的。

I'll be careful.

我們過去瞧瞧。

Let's check it out.

太離譜了吧！

That's ridiculous!

會是誰呀？

Who is it?

你以前從不對我撒謊的。

You never used to lie to me before.

他是在警告——還是在恐嚇？

Was that a warning—or a threat?

時間剛好夠我們放一下風箏。

Just enough time to fly some kites.

看看後面口袋裡有什麼。

Look in the back pocket.

我們該怎麼辦？

What are we going to do?

繼續試呀！
Keep trying.

那是植物嗎？
Were they plants?

你有毛病啊？
What's wrong with you?

我們怎麼知道你說的是實話？
How do we know you're telling the truth?

他不是我們真正的父親！
He's not our real father! .

你們怎麼能放他出來？
How could you have let him out?

我們究竟做了什麼？
What have we done?

退回去！
Get back!

她深深吸了口氣。
She took a deep breath.

我們沒事了！
We're okay!

好噁心喲！
That's gross!

比正常還好。
Better than normal.

雞皮疙瘩系列 23

遠離地下室

原著書名—— Stay Out of the Basement
原出版社—— Scholastic Inc.
作　　者—— R.L. 史坦恩（R.L.STINE）
譯　　者—— 柯清心
責任編輯—— 劉枚瑛、何若文

國家圖書館出版品預行編目（CIP）資料

遠離地下室 / R. L. 史坦恩 (R. L. Stine) 著 ; 柯清心 譯 .
-- 2 版 . -- 臺北市 : 商周出版 : 家庭傳媒城邦分公司發行 ,
民 105.03 160 面 ; 14.8 x 21 公分 . -- (雞皮疙瘩系列 ;23)
譯自 :Stay Out of the Basement.
ISBN 978-986-92880-2-6(平裝)
874.59　　105002953

版　　權—— 翁靜如、吳亭儀
行銷業務—— 林彥伶、石一志
總 編 輯—— 何宜珍
總 經 理—— 彭之琬
發 行 人—— 何飛鵬
法律顧問—— 台英國際商務法律事務所 羅明通律師
出　　版—— 商周出版
臺北市中山區民生東路二段 141 號 9 樓
電話：(02) 2500-7008 傳真：(02) 2500-7759
E-mail：bwp.service @ cite.com.tw
發　　行—— 英屬蓋曼群島商家庭傳媒股份有限公司城邦分公司
臺北市中山區民生東路二段 141 號 2 樓
讀者服務專線：0800-020-299 24 小時傳真服務：(02)2517-0999
讀者服務信箱 E-mail：cs @ cite.com.tw
劃撥帳號—— 19833503 戶名：英屬蓋曼群島商家庭傳媒股份有限公司城邦分公司
訂購服務—— 書虫股份有限公司客服專線：(02)2500-7718；2500-7719
服務時間：週一至週五上午 09:30-12:00；下午 13:30-17:00
24 小時傳真專線：(02)2500-1990；2500-1991
劃撥帳號：19863813 戶名：書虫股份有限公司
E-mail：service@readingclub.com.tw
香港發行所—— 城邦（香港）出版集團有限公司
香港 灣仔 駱克道 193 號東超商業中心 1 樓
電話：(852) 2508-6231 傳真：(852) 2578-9337
馬新發行所—— 城邦（馬新）出版集團
Cité(M) Sdn. Bhd. 41, Jalan Radin Anum,
Bandar Baru Sri Petaling, 57000 Kuala Lumpur, Malaysia.
電話：(603)9057-8822 傳真：(603)9057-6622
商周出版部落格—— http://bwp25007008.pixnet.net/blog
行政院新聞局北市業字第 913 號

美術設計—— 王秀惠
印　　刷—— 卡樂彩色製版有限公司
經 銷 商—— 聯合發行股份有限公司 新北市 231 新店區寶橋路 235 巷 6 弄 6 號 2 樓
電話：(02)2917-8022 傳真：(02)2911-0053

■ 2003 年（民 92）04 月初版
■ 2019 年（民 108）06 月 10 日 2 版 2 刷
■ 定價 / 199 元

ISBN 978-986-92880-2-6

Printed in Taiwan
城邦讀書花園
www.cite.com.tw

商周出版

廣　告　回　函
北區郵政管理登記證
台北廣字第000791號
郵資已付，免貼郵票

104 台北市民生東路二段 141 號 9 樓
城邦文化事業（股）有限公司
商周出版 收

請沿虛線對摺，謝謝！

Goosebumps
雞皮疙瘩

商周出版

書號：BG7063　　書名：**遠離地下室**　　編碼：

請於此處用膠水黏貼

商周出版

讀者回函卡

謝謝您購買我們出版的書籍！請費心填寫此回函卡，我們將不定期寄上城邦集團最新的出版訊息。

姓名：________________ 性別：□男 □女

生日：西元 ______ 年 ______ 月 ______ 日

聯絡地址：________________

聯絡電話：________________ 傳真：________________

E-mail：________________

學歷：□1.小學 □2.國中 □3.高中 □4.大專 □5.研究所以上

職業：□1.學生 □2.軍公教 □3.服務 □4.金融 □5.製造 □6.資訊 □7.傳播 □8.自由業 □9.農漁牧 □10.家管 □11.退休 □12.其他

____

您從何種方式得知本書消息？
□1.書店 □2.網路 □3.報紙 □4.雜誌 □5.廣播 □6.電視 □7.親友推薦 □8.其他 ________________

您在哪裡購買本書？
□1.金石堂（含金石堂網路書店） □2.誠品 □3.博客來 □4.何嘉仁 □5.其他 ________________

您喜歡閱讀的小說題材是？
□1.浪漫 □2.推理 □3.恐怖 □4.歷史 □5.科幻/奇幻 □6.冒險 □7.校園 □ 8.其他 ________________

您最喜歡的小說作家？
華人：________________ 國外：________________

最近看過最好看的小說是哪一本？

____

請於此處用膠水黏貼

Goosebumps®

Goosebumps®